LE MISANTHROPE,

COMÉDIE,

EN CINQ ACTES ET EN VERS,

PAR MOLIÈRE.

PARIS,

DE L'IMPRIMERIE D'AUGUSTE DELALAIN,

LIB.-ÉDIT., rue des Mathurins St.-Jacques, N°. 5.

M DCCC XXXI.

Toutes mes Éditions sont revêtues de ma griffe.

Auguste Delalain

LE MISANTHROPE,

COMÉDIE

EN CINQ ACTES ET EN VERS,

DE MOLIÈRE.

PERSONNAGES.

ALCESTE, amant de Célimène.
PHILINTE, ami d'Alceste.
ORONTE, amant de Célimène.
ACASTE, } marquis.
CLITANDRE, } marquis.
DUBOIS, valet d'Alceste.
BASQUE, valet de Célimène.
UN GARDE de la maréchaussée de France.

CÉLIMÈNE.
ÉLIANTE, cousine de Célimène.
ARSINOÉ, amie de Célimène.

La scène est à Paris, dans la maison de Célimène.

LE MISANTHROPE,

COMÉDIE.

ACTE PREMIER.

SCÈNE I.

PHILINTE, ALCESTE.

PHILINTE.

QU'EST-CE donc ? Qu'avez-vous ?

ALCESTE, *assis.*

Laissez-moi, je vous prie.

PHILINTE.

Mais encor, dites-moi, quelle bizarrerie...

ALCESTE.

Laissez-moi là, vous dis-je, et courez vous cacher.

PHILINTE.

Mais on entend les gens au moins sans se fâcher.

ALCESTE.

Moi, je veux me fâcher, et ne veux point entendre.

PHILINTE.

Dans vos brusques chagrins je ne puis vous comprendre,

Et, quoiqu'amis, enfin, je suis tout des premiers...

ALCESTE, *se levant brusquement.*

Moi, votre ami! Rayez cela de vos papiers.
J'ai fait jusques ici profession de l'être;
Mais, après ce qu'en vous je viens de voir paraître,
Je vous déclare net que je ne le suis plus,
Et ne veux nulle place en des cœurs corrompus.

PHILINTE.

Je suis donc bien coupable, Alceste, à votre compte?

ALCESTE.

Allez, vous devriez mourir de pure honte:
Une telle action ne saurait s'excuser,
Et tout homme d'honneur s'en doit scandaliser.
Je vous vois accabler un homme de caresses;
Et témoigner pour lui les dernières tendresses;
De protestations, d'offres et de sermens,
Vous chargez la fureur de vos embrassemens;
Et quand je vous demande après quel est cet homme,
A peine pouvez-vous dire comme il se nomme;
Votre chaleur pour lui tombe en vous séparant,
Et vous me le traitez, à moi, d'indifférent.
Morbleu! c'est une chose indigne, lâche, infâme,
De s'abaisser ainsi jusqu'à trahir son âme;
Et si, par un malheur, j'en avais fait autant,
Je m'irais, de regret, pendre tout à l'instant.

PHILINTE.

Je ne vois pas, pour moi, que le cas soit pendable;
Et je vous supplîrai d'avoir pour agréable,

Que je me fasse un peu grâce sur votre arrêt,
Et ne me pende pas pour cela, s'il vous plaît.

ALCESTE.

Que la plaisanterie est de mauvaise grâce !

PHILINTE.

Mais, sérieusement, que voulez-vous qu'on fasse?

ALCESTE.

Je veux qu'on soit sincère, et qu'en homme d'honneur,
On ne lâche aucun mot qui ne parte du cœur.

PHILINTE.

Lorsqu'un homme vous vient embrasser avec joie,
Il faut bien le payer de la même monnaie;
Répondre, comme on peut, à ses empressemens,
Et rendre offre pour offre, et sermens pour sermens.

ALCESTE.

Non, je ne puis souffrir cette lâche méthode
Qu'affectent la plupart de vos gens à la mode;
Et je ne hais rien tant que les contorsions
De tous ces grands faiseurs de protestations,
Ces affables donneurs d'embrassades frivoles,
Ces obligeans diseurs d'inutiles paroles,
Qui de civilités, avec tous, font combat,
Et traitent du même air l'honnête homme et le fat.
Quel avantage a-t-on qu'un homme vous caresse,
Vous jure amitié, foi, zèle, estime, tendresse,
Et vous fasse de vous un éloge éclatant,
Lorsqu'au premier faquin il court en faire autant?

Non, non, il n'est point d'âme un peu bien située,
Qui veuille d'une estime ainsi prostituée;
Et la plus glorieuse a des régals peu chers,
Dès qu'on voit qu'on nous mêle avec tout l'univers :
Sur quelque préférence une estime se fonde,
Et c'est n'estimer rien qu'estimer tout le monde.
Puisque vous y donnez, dans ces vices du temps,
Morbleu ! vous n'êtes pas pour être de mes gens.
Je refuse d'un cœur la vaste complaisance
Qui ne fait de mérite aucune différence :
Je veux qu'on me distingue, et, pour le trancher net,
L'ami du genre humain n'est point du tout mon fait.

PHILINTE.

Mais quand on est du monde, il faut bien que l'on rende
Quelques dehors civils que l'usage demande.

ALCESTE.

Non, vous dis-je, on devrait châtier, sans pitié,
Ce commerce honteux de semblant d'amitié.
Je veux que l'on soit homme, et qu'en toute rencontre,
Le fond de notre cœur dans nos discours se montre,
Que ce soit lui qui parle ; et que nos sentimens
Ne se masquent jamais sous de vains complimens.

PHILINTE.

Il est bien des endroits où la pleine franchise
Deviendrait ridicule, et serait peu permise;

Et parfois, n'en déplaise à votre austère honneur,
Il est bon de cacher ce qu'on a dans le cœur.
Serait-il à propos, et de la bienséance,
De dire à mille gens tout ce que d'eux on pense ?
Et quand on a quelqu'un qu'on hait, ou qui déplaît,
Lui doit-on déclarer la chose comme elle est ?

ALCESTE.

Oui.

PHILINTE.

Quoi ! vous iriez dire à la vieille Emilie,
Qu'à son âge il sied mal de faire la jolie,
Et que le blanc qu'elle a, scandalise chacun ?

ALCESTE.

Sans doute.

PHILINTE.

A Dorilas, qu'il est trop importun ;
Et qu'il n'est à la cour oreille qu'il ne lasse
A conter sa bravoure et l'éclat de sa race ?

ALCESTE.

Fort bien.

PHILINTE.

Vous vous moquez.

ALCESTE.

Je ne me moque point ;
Et je vais n'épargner personne sur ce point.
Mes yeux sont trop blessés ; et la cour et la ville,
Ne m'offrent rien qu'objets à m'échauffer la bile.
J'entre en une humeur noire, en un chagrin profond,

Quand je vois vivre entre eux les hommes comme ils font.
Je ne trouve partout que lâche flatterie,
Qu'injustice, intérêt, trahison, fourberie :
Je n'y puis plus tenir, j'enrage, et mon dessein
Est de rompre en visière à tout le genre humain.

PHILINTE.

Ce chagrin philosophe est un peu trop sauvage.
Je ris des noirs accès où je vous envisage ;
Et crois voir, en nous deux, sous mêmes soins nourris,
Ces deux frères que peint l'Ecole des Maris,
Dont...

ALCESTE.

Mon Dieu ! laissons-là vos comparaisons fades :

PHILINTE.

Non ! tout de bon, quittez toutes ces incartades ;
Le monde par vos soins ne se changera pas ;
Et puisque la franchise a pour vous tant d'appas,
Je vous dirai, tout franc, que cette maladie,
Partout où vous allez, donne la comédie ;
Et qu'un si grand courroux contre les mœurs du temps,
Vous tourne en ridicule auprès de bien des gens.

ALCESTE.

Tant mieux, morbleu ! tant mieux, c'est ce que je demande ;
Ce m'est un fort bon signe, et ma joie en est grande.

Tous les hommes me sont à tel point odieux,
Que je serais fâché d'être sage à leurs yeux.

PHILINTE.

Vous voulez un grand mal à la nature humaine.

ALCESTE.

Oui; j'ai conçu pour elle une effroyable haine.

PHILINTE.

Tous les pauvres mortels, sans nulle exception,
Seront enveloppés dans cette aversion?
Encore en est-il bien, dans le siècle où nous sommes...

ALCESTE.

Non, elle est générale, et je hais tous les hommes:
Les uns, parce qu'ils sont méchans et malfaisans,
Et les autres, pour être aux méchans complaisans,
Et n'avoir pas pour eux ces haines vigoureuses
Que doit donner le vice aux âmes vertueuses.
De cette complaisance on voit l'injuste excès
Pour le franc scélérat avec qui j'ai procès.
Au travers de son masque, on voit à plein le traître,
Partout il est connu pour tout ce qu'il peut être;
Et ses roulemens d'yeux, et son ton radouci
N'imposent qu'à des gens qui ne sont point d'ici.
On sait que ce pied-plat, digne qu'on le confonde,
Par de sales emplois s'est poussé dans le monde,
Et que par eux son sort de splendeur revêtu,
Fait gronder le mérite, et rougir la vertu;

Quelques titres honteux qu'en tous lieux on lui donne,
Son misérable honneur ne voit pour lui personne :
Nommez-le fourbe, infâme, et scélérat maudit,
Tout le monde en convient, et nul n'y contredit;
Cependant sa grimace est partout bien venue,
On l'accueille, on lui rit, partout il s'insinue;
Et, s'il est, par la brigue, un rang à disputer,
Sur le plus honnête homme on le voit l'emporter.
Tête bleue! ce me sont de mortelles blessures,
De voir qu'avec le vice on garde des mesures;
Et parfois il me prend des mouvemens soudains
De fuir dans un désert l'approche des humains.

PHILINTE.

Mon Dieu! des mœurs du temps mettons-nous moins en peine,
Et faisons un peu grâce à la nature humaine;
Ne l'examinons point dans la grande rigueur,
Et voyons ces défauts avec quelque douceur.
Il faut, parmi le monde, une vertu traitable;
A force de sagesse on peut être blâmable :
La parfaite raison fuit toute extrémité,
Et veut que l'on soit sage avec sobriété.
Cette grande roideur des vertus des vieux âges
Heurte trop notre siècle et les communs usages;
Elle veut aux mortels trop de perfection :
Il faut fléchir aux temps, sans obstination;
Et c'est une folie, à nulle autre seconde,
De vouloir se mêler de corriger le monde.
J'observe, comme vous, cent choses tous les jours
Qui pourraient mieux aller, prenant un autre cours :

Mais, quoi qu'à chaque pas je puisse voir paraître,
En courroux, comme vous, on ne me voit point être.
Je prends tout doucement les hommes comme ils sont :
J'accoutume mon âme à souffrir ce qu'ils font ;
Et je crois qu'à la cour, de même qu'à la ville,
Mon flegme est philosophe autant que votre bile.

ALCESTE.

Mais ce flegme, monsieur, qui raisonnez si bien,
Ce flegme pourra-t-il ne s'échauffer de rien ?
Et s'il faut, par hasard, qu'un ami vous trahisse,
Que pour avoir vos biens on dresse un artifice,
Ou qu'on tâche à semer de méchans bruits de vous,
Verrez-vous tout cela, sans vous mettre en courroux ?

PHILINTE.

Oui ; je vois ces défauts dont votre âme murmure,
Comme vices unis à l'humaine nature ;
Et mon esprit enfin n'est pas plus offensé
De voir un homme fourbe, injuste, intéressé,
Que de voir des vautours affamés de carnage,
Des singes malfaisans, et des loups pleins de rage.

ALCESTE.

Je me verrai trahir, mettre en pièces, voler,
Sans que je sois... Morbleu ! je ne veux point parler,
Tant ce raisonnement est plein d'impertinence.

PHILINTE.

Ma foi vous ferez bien de garder le silence.
Contre votre patrie éclatez un peu moins,
Et donnez au procès une part de vos soins.

ALCESTE.

Je n'en donnerai point, c'est une chose dite.

PHILINTE.

Mais qui voulez-vous donc qui pour vous sollicite ?

ALCESTE.

Qui je veux ? la raison, mon bon droit, l'équité.

PHILINTE.

Aucun juge par vous ne sera visité ?

ALCESTE.

Non. Est-ce que ma cause est injuste ou douteuse ?

PHILINTE.

J'en demeure d'accord ; mais la brigue est fâcheuse,
Et...

ALCESTE.

Non. J'ai résolu de ne pas faire un pas.
J'ai tort, ou j'ai raison.

PHILINTE.

Ne vous y fiez pas.

ALCESTE.

Je ne remûrai point.

PHILINTE.

Votre partie est forte,
Et peut, par sa cabale, entraîner...

ALCESTE.

Il n'importe.

PHILINTE.

Vous vous tromperez.

ALCESTE.

Soit. J'en veux voir le succès.

PHILINTE.

Mais...

ALCESTE.

J'aurai le plaisir de perdre mon procès.

PHILINTE.

Mais enfin...

ALCESTE.

Je verrai dans cette plaiderie
Si les hommes auront assez d'effronterie,
Seront assez méchans, scélérats et pervers,
Pour me faire injustice aux yeux de l'univers.

PHILINTE.

Quel homme !

ALCESTE.

Je voudrais, m'en coûtât-il grand'chose,
Pour la beauté du fait, avoir perdu ma cause.

PHILINTE.

On se rirait de vous, Alceste, tout de bon,
Si l'on vous entendait parler de la façon.

ALCESTE.

Tant pis pour qui rirait.

PHILINTE.

Mais cette rectitude
Que vous voulez en tout avec exactitude,
Cette pleine droiture, où vous vous renfermez,
La trouvez-vous ici dans ce que vous aimez?
Je m'étonne, pour moi, qu'étant, comme il le semble,
Vous et le genre humain, si fort brouillés ensemble,
Malgré tout ce qui peut vous le rendre odieux,
Vous ayez pris chez lui ce qui charme vos yeux;
Et ce qui me surprend encore davantage,
C'est cet étrange choix où votre cœur s'engage.
La sincère Eliante a du penchant pour vous,
La prude Arsinoé vous voit d'un œil fort doux;
Cependant à leurs vœux votre âme se refuse,
Tandis qu'en ses liens Célimène l'amuse,
De qui l'humeur coquette, et l'esprit médisant,
Semblent si fort donner dans les mœurs d'à présent.
D'où vient que, leur portant une haine mortelle,
Vous pouvez bien souffrir ce qu'en tient cette belle?
Ne sont-ce plus défauts dans un objet si doux?
Ne les voyez-vous pas, ou les excusez-vous?

ALCESTE.

Non; l'amour que je sens pour cette jeune veuve
Ne ferme point mes yeux aux défauts qu'on lui treuve.[1]

[1] Le mot *treuve*, dont se servaient nos premiers poètes, a vieilli, et est devenu tout-à-fait inusité.

Et je suis, quelque ardeur qu'elle m'ait pu donner,
Le premier à les voir, comme à les condamner.
Mais, avec tout cela, quoi que je puisse faire,
Je confesse mon faible, elle a l'art de me plaire:
J'ai beau voir ses défauts, et j'ai beau l'en blâmer,
En dépit qu'on en ait, elle se fait aimer;
Sa grâce est la plus forte, et, sans doute, ma flamme
De ces vices du temps pourra purger son âme.

PHILINTE.

Si vous faites cela, vous ne ferez pas peu.
Vous croyez être donc aimé d'elle?

ALCESTE.

Oui, parbleu!
Je ne l'aimerais pas si je ne croyais l'être.

PHILINTE.

Mais si son amitié pour vous se fait paraître,
D'où vient que vos rivaux vous causent de l'ennui?

ALCESTE.

C'est qu'un cœur bien atteint veut qu'on soit tout à lui;
Et je ne viens ici qu'à dessein de lui dire
Tout ce que là-dessus ma passion m'inspire.

PHILINTE.

Pour moi, si je n'avais qu'à former des désirs,
Sa cousine Éliante aurait tous mes soupirs:
Son cœur, qui vous estime, est solide et sincère,
Et ce choix plus conforme était mieux votre affaire.

ALCESTE.

Il est vrai ; ma raison me le dit chaque jour ;
Mais la raison n'est pas ce qui règle l'amour.

PHILINTE.

Je crains fort pour vos feux ; et l'espoir où vous êtes
Pourrait....

SCÈNE II.

ORONTE, ALCESTE, PHILINTE.

ORONTE, *à Alceste.*

J'ai su là-bas que, pour quelques emplètes,
Éliante est sortie, et Célimène aussi.
Mais comme l'on m'a dit que vous étiez ici,
J'ai monté pour vous dire, et d'un cœur véritable,
Que j'ai conçu pour vous une estime incroyable ;
Et que depuis long-temps cette estime m'a mis
Dans un ardent désir d'être de vos amis.
Oui, mon cœur au mérite aime à rendre justice,
Et je brûle qu'un nœud d'amitié nous unisse.
Je crois qu'un ami chaud, et de ma qualité,
N'est pas assurément pour être rejeté.

(*Pendant le discours d'Oronte, Alceste est rêveur, sans faire attention que c'est à lui qu'on parle, et ne sort de sa rêverie que quand Oronte lui dit :*)

C'est à vous, s'il vous plaît, que ce discours s'adresse.

ALCESTE.

A moi, monsieur?

ORONTE.

A vous : trouvez-vous qu'il vous blesse?

ALCESTE.

Non pas. Mais la surprise est fort grande pour moi,
Et je n'attendais pas l'honneur que je reçoi.

ORONTE.

L'estime où je vous tiens ne doit point vous surprendre,
Et de tout l'univers vous la pouvez prétendre.

ALCESTE.

Monsieur...

ORONTE.

L'état n'a rien qui ne soit au-dessous
Du mérite éclatant que l'on découvre en vous.

ALCESTE.

Monsieur...

ORONTE.

Oui ; de ma part, je vous tiens préférable
A tout ce que j'y vois de plus considérable.

ALCESTE.

Monsieur...

ORONTE.

Sois-je du ciel écrasé si je mens!
Et pour vous confirmer ici mes sentimens,
Souffrez qu'à cœur onvert, monsieur, je vous embrasse,

Et qu'en votre amitié je vous demande place.
Touchez-là, s'il vous plaît. Vous me la promettez,
Votre amitié ?

ALCESTE.

Monsieur...

ORONTE.

Quoi ! vous y résistez ?

ALCESTE.

Monsieur, c'est trop d'honneur que vous me voulez faire ;
Mais l'amitié demande un peu plus de mystère ;
Et c'est assurément en profaner le nom,
Que de vouloir le mettre à toute occasion.
Avec lumière et choix, cette union veut naître ;
Avant que nous lier il faut nous mieux connaître ;
Et nous pourrions avoir telles complexions,
Que tous deux, du marché, nous nous repentirions.

ORONTE.

Parbleu ! c'est là-dessus parler en homme sage,
Et je vous en estime encore davantage.
Souffrons donc que le temps forme des nœuds si doux ;
Mais cependant je m'offre entièrement à vous.
S'il faut faire à la cour pour vous quelque ouverture,
On sait qu'auprès du roi je fais quelque figure,
Il m'écoute, et dans tout il en use, ma foi,
Le plus honnêtement du monde avecque moi.
Enfin je suis à vous de toutes les manières ;

Et comme votre esprit a de grandes lumières,
Je viens, pour commencer entre nous ce beau nœud,
Vous montrer un sonnet que j'ai fait depuis peu,
Et savoir s'il est bon qu'au public je l'expose.

ALCESTE.

Monsieur, je suis peu propre à décider la chose;
Veuillez m'en dispenser.

ORONTE.

Pourquoi?

ALCESTE.

J'ai le défaut
D'être un peu plus sincère en cela qu'il ne faut.

ORONTE.

C'est ce que je demande; et j'aurais lieu de plainte
Si, m'adressant à vous, pour me parler sans feinte,
Vous alliez me trahir, et me déguiser rien.

ALCESTE.

Puisqu'il vous plait ainsi, monsieur, je le veux bien.

ORONTE.

Sonnet. C'est un sonnet. L'*espoir*... C'est une dame
Qui de quelque espérance avait flatté ma flamme.
L'*espoir*.... Ce ne sont point de ces grands vers pompeux,
Mais de petits vers doux, tendres, et langoureux.

ALCESTE.

Nous verrons bien.

ORONTE.

L'*espoir*... Je ne sais si le style
Pourra vous en paraître assez net et facile,
Et si du choix des mots vous vous contenterez.

ALCESTE.

Nous allons voir, monsieur.

ORONTE.

Au reste, vous saurez
Que je n'ai demeuré qu'un quart d'heure à le faire.

ALCESTE.

Voyons, monsieur; le temps ne fait rien à l'affaire.

ORONTE.

L'espoir, il est vrai, nous soulage,
Et nous berce un temps notre ennui;
Mais, Philis, le triste avantage,
Lorsque rien ne marche après lui!

PHILINTE.

Je suis déjà charmé de ce petit morceau.

ALCESTE, *bas, à Philinte.*

Quoi! vous avez le front de trouver cela beau?

ORONTE.

Vous eûtes de la complaisance;
Mais vous en deviez moins avoir,
Et ne pas vous mettre en dépense,
Pour ne me donner que l'espoir.

PHILINTE.

Ah! qu'en termes galans ces chose-là sont mises!

ALCESTE, *bas, à Philinte.*

Hé quoi ! vil complaisant, vous louez des sottises.

ORONTE.

S'il faut qu'une attente éternelle
Pousse à bout l'ardeur de mon zèle,
Le trépas sera mon recours :
Vos soins ne m'en peuvent distraire.
Belle Philis, on désespère
Alors qu'on espère toujours.

PHILINTE.

La chute en est jolie, amoureuse, admirable.

ALCESTE, *bas, à part.*

La peste de ta chute, empoisonneur, au diable !
En eusses-tu fait une à te casser le nez !

PHILINTE.

Je n'ai jamais ouï de vers si bien tournés.

ALCESTE, *bas, à part.*

Morbleu !

ORONTE, *à Philinte.*

Vous me flattez, et vous croyez peut-être...

PHILINTE.

Non, je ne flatte point.

ALCESTE, *bas, à part.*

Hé ! que fais-tu donc, traître ?

ORONTE, *à Alceste.*

Mais, pour vous, vous savez quel est notre traité.
Parlez-moi, je vous prie, avec sincérité.

ALCESTE.

Monsieur, cette matière est toujours délicate,
Et sur le bel esprit nous aimons qu'on nous flatte.
Mais un jour à quelqu'un, dont je tairai le nom,
Je disais, en voyant des vers de sa façon,
Qu'il faut qu'un galant homme ait toujours grand
empire
Sur les démangeaisons qui nous prennent d'écrire;
Qu'il doit tenir la bride aux grands empressemens
Qu'on a de faire éclat de tels amusemens;
Et que, par la chaleur de montrer ses ouvrages,
On s'expose à jouer de mauvais personnages.

ORONTE.

Est-ce que vous voulez me déclarer par-là
Que j'ai tort de vouloir...

ALCESTE.

Je ne dis pas cela.
Mais je lui disais, moi, qu'un froid écrit assomme;
Qu'il ne faut que ce faible à décrier un homme,
Et qu'eût-on, d'autre part, cent belles qualités,
On regarde les gens par leurs méchans côtés.

ORONTE.

Est-ce qu'à mon sonnet vous trouvez à redire?

ALCESTE.

Je ne dis pas cela. Mais pour ne point écrire,
Je lui mettais aux yeux comme, dans notre temps,
Cette soif a gâté de fort honnêtes gens.

ORONTE.

Est-ce que j'écris mal? et leur ressemblerai-je?

ALCESTE.

Je ne dis pas cela. Mais enfin, lui disais-je,
Quel besoin si pressant avez-vous de rimer,
Et qui, diantre, vous pousse à vous faire imprimer?
Si l'on peut pardonner l'essor d'un mauvais livre,
Ce n'est qu'aux malheureux qui composent pour vivre.
Croyez-moi, résistez à vos tentations;
Dérobez au public ces occupations;
Et n'allez point quitter, de quoi que l'on vous somme,
Le nom que dans la cour vous avez d'honnête homme,
Pour prendre, de la main d'un avide imprimeur,
Celui de ridicule et misérable auteur.
C'est ce que je tâchais de lui faire comprendre.

ORONTE.

Voilà qui va fort bien, et je crois vous entendre.
Mais ne puis-je savoir ce que dans mon sonnet...

ALCESTE.

Franchement, il est bon à mettre au cabinet.
Vous vous êtes réglé sur de méchans modèles,
Et vos expressions ne sont point naturelles.
Qu'est-ce que: *nous berce un temps notre ennui?*
Et que: *rien ne marche après lui?*
Que: *ne vous pas mettre en dépense,*
Pour ne me donner que l'espoir?
Et que: *Philis, on désespère,*
Alors qu'on espère toujours?
Ce style figuré, dont on fait vanité,
Sort du bon caractère et de la vérité.

Ce n'est que jeux de mots, qu'affectation pure.
Et ce n'est point ainsi que parle la nature.
Le méchant goût du siècle en cela me fait peur :
Nos pères, tous grossiers, l'avaient beaucoup
meilleur ;
Et je prise bien moins tout ce que l'on admire,
Qu'une vieille chanson que je m'en vais vous dire.

Si le roi m'avait donné
Paris sa grand'ville,
Et qu'il me fallût quitter
L'amour de ma mie,
Je dirais au roi Henri :
Reprenez votre Paris,
J'aime mieux ma mie, oh gai!
J'aime mieux ma mie.

La rime n'est pas riche, et le style en est vieux.
Mais ne voyez-vous pas que cela vaut bien mieux
Que ces colifichets dont le bon sens murmure,
Et que la passion parle là toute pure ?

Si le roi m'avait donné
Paris sa grand'ville,
Et qu'il me fallût quitter
L'amour de ma mie,
Je dirais au roi Henri :
Reprenez votre Paris,
J'aime mieux ma mie, oh gai!
J'aime mieux ma mie.

Voilà ce que peut dire un cœur vraiment épris.
(*à Philinte, qui rit.*)
Oui, monsieur le rieur, malgré vos beaux esprits,
J'estime plus cela que la pompe fleurie
De tous ces faux brillans où chacun se récrie.

ORONTE.

Et moi, je vous soutiens que mes vers sont fort
bons.

ALCESTE.

Pour les trouver ainsi vous avez vos raisons;
Mais vous trouverez bon que j'en puisse avoir
d'autres
Qui se dispenseront de se soumettre aux vôtres.

ORONTE.

Il me suffit de voir que d'autres en font cas.

ALCESTE.

C'est qu'ils ont l'art de feindre, et moi je ne l'ai
pas.

ORONTE.

Croyez-vous donc avoir tant d'esprit en partage?

ALCESTE.

Si je louais vos vers, j'en aurais davantage.

ORONTE.

Je me passerai fort que vous les approuviez.

ALCESTE.

Il faut bien, s'il vous plaît, que vous vous en passiez.

ORONTE.

Je voudrais bien, pour voir, que, de votre manière,
Vous en composassiez sur la même matière.

ALCESTE.

J'en pourrais, par malheur, faire d'aussi méchans;
Mais je me garderais de les montrer aux gens.

ORONTE.

Vous me parlez bien ferme, et cette suffisance...

ALCESTE.

Autre part que chez moi cherchez qui vous encense.

ORONTE.

Mais, mon petit monsieur, prenez-le un peu moins haut.

ALCESTE.

Ma foi, mon grand monsieur, je le prends comme il faut.

PHILINTE *se mettant entre eux.*

Hé! messieurs, c'en est trop. Laissez cela, de grâce.

ORONTE.

Ah! j'ai tort, je l'avoue, et je quitte la place.
Je suis votre valet, monsieur, de tout mon cœur.

ALCESTE.

Et moi je suis, monsieur, votre humble serviteur.

SCÈNE III.

PHILINTE, ALCESTE.

PHILINTE.

Hé bien! vous le voyez, pour être trop sincère,
Vous voilà sur les bras une fâcheuse affaire;
Et j'ai bien vu qu'Oronte, afin d'être flatté...

ALCESTE.

Ne me parlez pas.

PHILINTE.

Mais,...

ALCESTE.

Plus de société.

PHILINTE.

C'est trop...

ALCESTE.

Laissez-moi là.

PHILINTE.

Si je...

ALCESTE.

Point de langage.

PHILINTE.

Mais quoi...

ALCESTE.

Je n'entends rien.

PHILINTE.

Mais...

ALCESTE.

Encore!...

PHILINTE.

On outrage...

ALCESTE.

Ah! parbleu, c'en est trop. Ne suivez point mes pas.

PHILINTE.

Vous vous moquez de moi; je ne vous quitte pas.

FIN DU PREMIER ACTE.

ACTE SECOND.

SCÈNE I.

ALCESTE, CÉLIMÈNE.

ALCESTE.

Madame, voulez-vous que je vous parle net?
De vos façons d'agir je suis mal satisfait,
Contre elles dans mon cœur trop de bile s'assemble,
Et je sens qu'il faudra que nous rompions ensemble.
Oui : je vous tromperais de parler autrement,
Tôt ou tard nous romprons indubitablement;
Et je vous promettrais mille fois le contraire,
Que je ne serais pas en pouvoir de le faire.

CÉLIMÈNE.

C'est pour me quereller donc, à ce que je voi,
Que vous avez voulu me ramener chez moi?

ALCESTE.

Je ne querelle point. Mais votre humeur, madame,
Ouvre au premier venu trop d'accès dans votre âme;
Vous avez trop d'amans qu'on voit vous obséder,
Et mon cœur de cela ne peut s'accommoder.

CÉLIMÈNE.

Des amans que je fais me rendez-vous coupable?

Puis-je empêcher les gens de me trouver aimable ?
Et lorsque pour me voir ils font de doux efforts,
Dois-je prendre un bâton pour les mettre dehors ?

ALCESTE.

Non, ce n'est pas, madame, un bâton qu'il faut prendre,
Mais un cœur à leurs vœux moins facile et moins tendre.
Je sais que vos appas vous suivent en tous lieux :
Mais votre accueil retient ceux qu'attirent vos yeux,
Et sa douceur, offerte à qui vous rend les armes,
Achève sur les cœurs l'ouvrage de vos charmes.
Le trop riant espoir que vous leur présentez,
Attache autour de vous leurs assiduités ;
Et votre complaisance un peu moins étendue,
De tant de soupirans chasserait la cohue.
Mais au moins dites-moi, madame, par quel sort
Votre Clitandre a l'heur de vous plaire si fort ?
Sur quel fonds de mérite et de vertu sublime
Appuyez-vous en lui l'honneur de votre estime ?
Est-ce par l'ongle long qu'il porte au petit doigt[1].
Qu'il s'est acquis chez vous l'estime où l'on le voit ?
Vous êtes-vous rendue, avec tout le beau monde,
Au mérite éclatant de sa perruque blonde ?
Sont-ce ses grands canons qui vous le font aimer ?
L'amas de ses rubans a-t-il su vous charmer ?

1 Ce vers désigne une mode en usage à cette époque Quelques agréables de la cour laissaient croître l'ongle du petit doigt d'une grandeur démesurée. Peu de personnes connaissent, à présent, l'existence de ce ridicule.

Est-ce par les appas de sa vaste rheingrave
Qu'il a gagné votre âme, en faisant votre esclave?
Ou sa façon de rire, ou son ton de fausset,
Ont-ils de vous toucher su trouver le secret?

CÉLIMÈNE.

Qu'injustement de lui vous prenez de l'ombrage!
Ne savez-vous pas bien pourquoi je le ménage?
Et que dans mon procès, ainsi qu'il m'a promis,
Il peut intéresser tout ce qu'il a d'amis.

ALCESTE.

Perdez votre procès, madame, avec constance,
Et ne ménagez point un rival qui m'offense.

CÉLIMÈNE.

Mais de tout l'univers vous devenez jaloux.

ALCESTE.

C'est que tout l'univers est bien reçu de vous.

CÉLIMÈNE.

C'est ce qui doit rasseoir votre âme effarouchée,
Puisque ma complaisance est sur tous épanchée;
Et vous auriez plus lieu de vous en offenser,
Si vous me la voyiez sur un seul ramasser.

ALCESTE.

Mais, moi, que vous blâmez de trop de jalousie,
Qu'ai-je de plus qu'eux tous, madame, je vous prie?

CÉLIMÈNE

Le bonheur de savoir que vous êtes aimé.

ALCESTE.

Et quel lieu de le croire à mon cœur enflammé ?

CÉLIMÈNE.

Je pense qu'ayant pris le soin de vous le dire,
Un aveu de la sorte a de quoi vous suffire.

ALCESTE.

Mais qui m'assurera que dans le même instant,
Vous n'en disiez, peut-être, aux autres tout autant?

CÉLIMÈNE.

Certes, pour un amant, la fleurette est mignonne,
Et vous me traitez-là de gentille personne.
Hé bien pour vous ôter d'un semblable souci,
De tout ce que j'ai dit je me dédis ici;
Et rien ne saurait plus vous tromper que vous-même :
Soyez content.

ALCESTE.

Morbleu! faut-il que je vous aime!
Ah! que si de vos mains je rattrape mon cœur,
Je bénirai le ciel de ce rare bonheur.
Je ne le cèle pas, je fais tout mon possible
A rompre de ce cœur l'attachement terrible;
Mais mes plus grands efforts n'ont rien fait jusqu'ici,
Et c'est pour mes péchés que je vous aime ainsi.

CÉLIMÈNE.

Il est vrai, votre ardeur est pour moi sans seconde.

ALCESTE.

Oui; je puis là-dessus défier tout le monde.

Mon amour ne se peut concevoir, et jamais
Personne n'a, madame, aimé comme je fais.

CÉLIMÈNE.

En effet la méthode en est toute nouvelle,
Car vous aimez les gens pour leur faire querelle :
Ce n'est qu'en mots fâcheux qu'éclate votre ardeur,
Et l'on n'a vu jamais un amant si grondeur.

ALCESTE.

Mais il ne tient qu'à vous que son chagrin ne passe.
A tous nos démêlés coupons chemin, de grâce :
Parlons à cœur ouvert, et voyons d'arrêter...

SCÈNE II.

CÉLIMÈNE, ALCESTE, BASQUE.

CÉLIMÈNE.

Qu'est-ce ?

BASQUE.

Acaste est là-bas.

CÉLIMÈNE.

Hé bien, faites monter.

SCÈNE III.

CÉLIMÈNE, ALCESTE.

ALCESTE.

Quoi! l'on ne peut jamais vous parler tête à tête ?
A recevoir le monde on vous voit toujours prête ?

Et vous ne pouvez pas un seul moment de tous,
Vous résoudre à souffrir de n'être pas chez vous ?

CÉLIMÈNE.

Voulez-vous qu'avec lui je me fasse une affaire ?

ALCESTE.

Vous avez des égards qui ne sauraient me plaire.

CÉLIMÈNE.

C'est un homme à jamais ne me le pardonner,
S'il savait que sa vûe eût pu m'importuner.

ALCESTE.

Et que vous fait cela, pour vous gêner de sorte....

CÉLIMÈNE.

Mon dieu! de ses pareils la bienveillance importe ;
Et ce sont de ces gens qui, je ne sais comment,
Ont gagné, dans la cour, de parler hautement.
Dans tous les entretiens on les voit s'introduire ;
Ils ne sauraient servir, mais il peuvent vous nuire ;
Et jamais, quelque appui qu'on puisse avoir d'ailleurs,
On ne doit se brouiller avec ces grands brailleurs.

ALCESTE.

Enfin, quoiqu'il en soit, et sur quoi qu'on se fonde,
Vous trouvez des raisons pour souffrir tout le monde ;
Et les précautions de votre jugement....

SCÈNE IV.

ALCESTE, CÉLIMÈNE, BASQUE.

BASQUE.

Voici Clitandre encor, madame.

(*il sort.*)

ALCESTE.

Justement.

CÉLIMÈNE.

Où courez-vous?

ALCESTE.

Je sors.

CÉLIMÈNE.

Demeurez.

ALCESTE.

Pourquoi faire?

CÉLIMÈNE.

Demeurez.

ALCESTE.

Je ne puis.

CÉLIMÈNE.

Je le veux.

ALCESTE.

Point d'affaire :

Ces conversations ne font que m'ennuyer

Et c'est trop que vouloir me les faire essuyer.

CÉLIMÈNE.

Je le veux ; je le veux.

ALCESTE.

Non, il m'est impossible.

CÉLIMÈNE.

Hé bien, allez, sortez, il vous est tout loisible.

SCÈNE V.

ÉLIANTE, PHILINTE, ACASTE, CLITANDRE, ALCESTE, CÉLIMÈNE, BASQUE.

ÉLIANTE. *à Célimène.*

Voici les deux marquis qui montent avec nous ;
Vous l'est-on venu dire ?

CÉLIMÈME, *à Basque.*

Oui. Des sièges pour tous:
Basque donne des sièges, et sort.)
(*à Alceste.*)
Vous n'êtes pas sorti ?

ALCESTE.

Non. Mais je veux, madame,
Ou pour eux, ou pour moi, faire expliquer votre âme.

CÉLIMÈNE.

Taisez-vous.

ALCESTE.

Aujourd'hui, vous vous expliquerez.

CÉLIMÈNE.

Vous perdez le sens.

ALCESTE.

Point. Vous vous déclarerez.

CÉLIMÈNE.

Ah !

ALCESTE.

Vous prendrez parti.

CÉLIMÈNE.

Vous vous moquez, je pense.

ALCESTE.

Non. Mais vous choisirez : c'est trop de patience.

(*Il s'asseyent tous.*)

CLITANDRE.

Parbleu ! je viens du Louvre, où Cléonte, au levé,
Madame, a bien paru ridicule achevé.
N'a-t-il point quelque ami qui pût, sur ses manières,
D'un charitable avis lui prêter les lumières ?

CÉLIMÈNE.

Dans le monde, à vrai dire il se barbouille fort ;
Partout il porte un air qui saute aux yeux d'abord ;
Et lorsqu'on le reçoit avec un peu d'absence ;
On le trouve encor plus rempli d'extravagance.

ACASTE.

Parbleu ! s'il faut parler des gens extravagans,
Je viens d'en essuyer un des plus fatigans ;
Damon, le raisonneur, qui m'a, ne vous déplaise,
Une heure, au grand soleil, tenu hors de ma chaise.

CÉLIMÈNE.

C'est un parleur étrange, et qui trouve toujours
L'art de ne vous rien dire avec de grands discours :
Dans les propos qu'il tient on ne voit jamais goutte,
Et ce n'est que du bruit que tout ce qu'on écoute.

ELIANTE, *bas, à Philinte.*

Ce début n'est pas mal; et contre le prochain
La conversation prend un assez bon train.

CLITANDRE.

Timante encor, madame, est un bon caractère.

CÉLIMÈNE.

C'est, de la tête aux pieds, un homme tout mystère,
Qui vous jette en passant un coup d'œil égaré,
Et, sans aucune affaire est toujours affairé.
Tout ce qu'il vous débite en grimaces abonde;
A force de façons, il assomme le monde;
Sans cesse il a tout bas, pour rompre l'entretien,
Un secret à vous dire, et ce secret n'est rien;
De la moindre vétille il fait une merveille,
Et, jusques au bon jour, il dit tout à l'oreille.

ACASTE.

Et Géralde, madame?

CÉLIMÈNE.

Oh, l'ennuyeux conteur!
Jamais on ne le voit sortir du grand seigneur.
Dans le brillant commerce il se mêle sans cesse,
Et ne cite jamais que duc, prince ou princesse.
La qualité l'entête, et tous ses entretiens

Ne sont que de chevaux, d'équipage, et de chiens;
Il tutoie, en parlant, ceux du plus haut étage,
Et le nom de monsieur est chez lui hors d'usage.

CLITANDRE.

On dit qu'avec Bélise il est du dernier bien.

CÉLIMÈNE.

Le pauvre esprit de femme, et le sec entretien!
Lorsqu'elle vient me voir je souffre le martyre,
Il faut suer sans cesse à chercher que lui dire;
Et la stérilité de son expression
Fait mourir à tous coups la conversation.
Le beau temps et la pluie, et le froid et le chaud,
Sont des fonds qu'avec elle on épuise bientôt:
Cependant sa visite, assez insupportable,
Traîne en une longueur encore épouvantable,
Et l'on demande l'heure, et l'on bâille vingt fois,
Qu'elle s'émeut autant qu'une pièce de bois.

ACASTE.

Que vous semble d'Adraste?

CÉLIMÈNE.

Ah! quel orgueil extrême!
C'est un homme gonflé de l'amour de soi-même:
Son mérite jamais n'est content de la cour:
Contre elle il fait métier de pester chaque jour;
Et l'on ne donne emploi, charge, ni bénéfice,
Qu'à tout ce qu'il se croit on ne fasse injustice.

CLITANDRE.

Mais le jeune Cléon, chez qui vont aujourd'hui
Nos plus honnêtes gens, que dites-vous de lui?

CÉLIMÈNE.

Que de son cuisinier il s'est fait un mérite,
Et que c'est à sa table à qui l'on rend visite.

ÉLIANTE.

Il prend soin d'y servir des mets fort délicats.

CÉLIMÈNE.

Oui; mais je voudrais bien qu'il ne s'y servît pas:
C'est un fort méchant plat, que sa sotte personne,
Et qui gâte, à mon goût, tous les repas qu'il donne.

PHILINTE.

On fait assez de cas de son oncle Damis.
Qu'en dites-vous, madame?

CÉLIMÈNE.

Il est de mes amis.

PHILINTE

Je le trouve honnête homme, et d'un air assez sage.

CÉLIMÈNE.

Oui; mais il veut avoir trop d'esprit, dont j'enrage:
Il est guindé sans cesse; et dans tous ses propos
On voit qu'il se travaille à dire de bons mots.
Depuis que dans sa tête, il s'est mis d'être habile,
Rien ne touche son goût, tant il est difficile.
Il veut voir des défauts à tout ce qu'on écrit;
Et pense que louer n'est pas d'un bel esprit:
Que c'est être savant que trouver à redire;

Qu'il n'appartient qu'aux sots d'admirer et de rire ;
Et qu'en n'approuvant rien des ouvrages du temps,
Il se met au-dessus de tous les autres gens ;
Aux conversations même il trouve à reprendre,
Ce sont propos trop bas pour y daigner descendre ;
Et, les deux bras croisés, du haut de son esprit,
Il regarde en pitié tout ce que chacun dit.

ACASTE.

Dieu me damne, voilà son portrait véritable.

CLITANDRE, *à Célimène.*

Pour bien peindre les gens vous êtes admirable.

ALCESTE.

Allons, ferme, poussez, mes bons amis de cour,
Vous n'en épargnez point, et chacun a son tour :
Cependant aucun d'eux à vos yeux ne se montre,
Qu'on ne vous voie, en hâte, aller à sa rencontre,
Lui présenter la main, et d'un baiser flatteur,
Appuyer les sermens d'être son serviteur.

CLITANDRE.

Pourquoi s'en prendre à nous ? Si ce qu'on dit vous blesse,
Il faut que le reproche à madame s'adresse.

ALCESTE.

Non, morbleu ! c'est à vous ; et vos ris complaisans
Tirent de son esprit tous ces traits médisans.
Son humeur satirique est sans cesse nourrie

Par le coupable encens de votre flatterie ;
Et son cœur à railler trouverait moins d'appas,
S'il avait observé qu'on ne l'applaudit pas.
C'est ainsi qu'aux flatteurs on doit partout se prendre.
Des vices où l'on voit les humains se répandre.

PHILINTE.

Mais pourquoi pour ces gens un interêt si grand,
Vous, qui condamneriez ce qu'en eux on reprend ?

CÉLIMÈNE.

Et ne faut-il pas bien que monsieur contredise ?
A la commune voix veut-on qu'il se réduise,
Et qu'il ne fasse pas éclater en tous lieux
L'esprit contrariant qu'il a reçu des cieux ?
Le sentiment d'autrui n'est jamais pour lui plaire,
Il prend toujours en main l'opinion contraire ;
Il penserait paraître un homme du commun,
Si l'on voyait qu'il fût de l'avis de quelqu'un.
L'honneur de contredire a pour lui tant de charmes,
Qu'il prend contre lui-même assez souvent les armes,
Et ses vrais sentimens sont combattus par lui,
Aussitôt qu'il les voit dans la bouche d'autrui.
(*Tous rient.*)

ALCESTE.

Les rieurs sont pour vous, madame, c'est tout dire,
Et vous pouvez pousser contre moi la satire.

PHILINTE.

Mais il est véritable aussi que votre esprit

Se gendarme toujours contre tout ce qu'on dit;
Et que, par un chagrin que lui-même il avoue,
Il ne saurait souffrir qu'on blâme, ni qu'on loue.

ALCESTE.

C'est que jamais, morbleu, les hommes n'ont raison;
Que le chagrin contre eux est toujours de saison;
Et que je vois qu'ils sont, sur toutes les affaires,
Loueurs impertinens, ou censeurs téméraires.

CÉLIMÈNE.

Mais...

ALCESTE.

Non, madame, non, quand j'en devrais mourir,
Vous avez des plaisirs que je ne puis souffrir;
Et l'on a tort ici de nourrir dans votre âme
Ce grand attachement aux défauts qu'on y blâme.

CLITANDRE.

Pour moi, je ne sais pas, mais j'avoûrai tout haut
Que j'ai cru jusqu'ici madame sans défaut.

ACASTE.

De grâces et d'attraits je vois qu'elle est pourvue;
Mais les défauts qu'elle a ne frappent point ma vue.

ALCESTE.

Ils frappent tous la mienne; et, loin de m'en cacher,
Elle sait que j'ai soin de les lui reprocher.
Plus on aime quelqu'un, moins il faut qu'on le flatte;

A ne rien pardonner le pur amour éclate ;
Et je bannirais, moi, tous ces lâches amans
Que je verrais soumis à tous mes sentimens,
Et dont, à tous propos, les molles complaisances
Donneraient de l'encens à mes extravagances.

CÉLIMÈNE.

Enfin, s'il faut qu'à vous s'en rapportent les cœurs,
On doit, pour bien aimer, renoncer aux douceurs,
Et du parfait amour mettre l'honneur suprême
A bien injurier les personnes qu'on aime.

ÉLIANTE.

L'amour, pour l'ordinaire, est peu fait à ces lois,
Et l'on voit les amans vanter toujours leurs choix.
Jamais leur passion n'y voit rien de blâmable,
Et dans l'objet aimé tout leur devient aimable ;
Ils comptent les défauts pour des perfections,
Et savent y donner de favorables noms :
La pâle est aux jasmins en blancheur comparable ;
La noire à faire peur, une brune adorable ;
La maigre a de la taille et de la liberté ;
La grasse est dans son port pleine de majesté ;
La malpropre sur soi, de peu d'attraits chargée,
Est mise sous le nom de beauté négligée,
La géante paraît une déesse aux yeux ;
La naine un abrégé des merveilles des cieux ;
L'orgueilleuse a le cœur digne d'une couronne ;
La fourbe a de l'esprit ; la sotte est toute bonne ;
La trop grande parleuse est d'agréable humeur ;

Et la muette garde une honnête pudeur.
C'est ainsi qu'un amant, dont l'amour est extrême,
Aime jusqu'aux défauts des personnes qu'il aime.

ALCESTE.

Et moi, je soutiens, moi...

(*Célimène se lève. Tous en font autant.*)

CÉLIMÈNE.

Brisons là ces discours,
Et dans la galerie allons faire deux tours.
Quoi! vous vous en allez, messieurs?

CLITANDRE et ACASTE.

Non pas, madame.

ALCESTE

La peur de leur départ occupe fort votre âme.
Sortez quand vous voudrez, messieurs; mais j'avertis
Que je ne sors qu'après que vous serez sortis.

ACASTE.

A moins de voir madame en être importunée,
Rien ne m'appelle ailleurs de toute la journée,

CLITANDRE.

Moi, pourvu que je puisse être au petit couché,
Je n'ai point d'autre affaire où je sois attaché.

CÉLIMÈNE. *à Alceste.*

C'est pour rire, je crois.

ALCESTE.

Non, en aucune sorte :
Nous verrons si c'est moi que vous voudrez qui sorte.

SCÈNE VI.

ALCESTE, CÉLIMÈNE, ÉLIANTE, ACASTE, PHILINTE, CLITANDRE, BASQUE.

BASQUE, *à Alceste.*

Monsieur, un homme est là, qui voudrait vous parler,
Pour affaire, dit-il, qu'on ne peut reculer.

ALCESTE.

Dis-lui que je n'ai point d'affaires si pressées.

BASQUE.

Il porte une jaquette à grands basques plissées.
Avec de l'or dessus [1].

CÉLIMÈNE, *à Alceste.*

Allez voir ce que c'est,
Ou bien faites-le entrer.

(*Basque fait entrer le garde, et sort.*)

1 C'était alors l'habillement des gardes de la maréchaussée

SCÈNE VII.

ALCESTE, CÉLIMÈNE, ÉLIANTE, ACASTE, PHILINTE, CLITANDRE, UN GARDE DE LA MARÉCHAUSSÉE

ALCESTE, *allant au-devant du garde.*

Qu'est-ce donc qu'il vous plaît ?
Venez, monsieur.

LE GARDE.

Monsieur, j'ai deux mots à vous dire.

ALCESTE.

Vous pouvez parler haut, monsieur, pour m'en instruire.

LE GARDE.

Messieurs les maréchaux, dont j'ai commandement.
Vous mandent de venir les trouver promptement,
Monsieur.

ALCESTE

Qui ? moi, monsieur ?

LE GARDE.

Vous même.

ALCESTE.

Et pourquoi faire?

PHILINTE, *à Alceste.*

C'est d'Oronte et de vous la ridicule affaire.

CÉLIMÈNE., *à Philinte.*

Comment?

PHILINTE.

Oronte et lui se sont tantôt bravés
Sur certains petits vers qu'il n'a pas approuvés,
Et l'on veut assoupir la chose en sa naissance.

ALCESTE.

Moi, je n'aurai jamais de lâche complaisance.

PHILINTE.

Mais il faut suivre l'ordre; allons disposez-vous.

ALCESTE.

Quel accommodement veut on faire entre nous?
La voix de ces messieurs me condamnera-t-elle
A trouver bons les vers qui font notre querelle?
Je ne me dédis point de ce que j'en ai dit,
Je les trouve méchans.

PHILINTE.

Mais d'un plus doux esprit....

ALCESTE.

Je n'en démordrai point, les vers sont exécrables

PHILINTE

Vous devez-faire voir des sentimens traitables,
Allons, venez.

ALCESTE.

J'irai, mais rien n'aura pouvoir
De me faire dédire.

PHILINTE.

Allons vous faire voir.

ALCESTE.

Hors qu'un commandement exprès du roi me vienne.
De trouver bon les vers dont on se met en peine,
Je soutiendrai toujours, morbleu, qu'ils sont mauvais,
Et qu'un homme est pendable après les avoir faits.
(*à Clitandre et à Acaste qui rient.*)
Par la sambleu! messieurs, je ne croyais pas être
Si plaisant que je suis.

CÉLIMÈNE.

Allez vîte paraître.
Où vous devez.

ALCESTE.

J'y vais, madame ; et sur mes pas,
Je reviens en ce lieu pour vider nos débats.

FIN DU SECOND ACTE.

ACTE TROISIÈME.

SCÈNE I.

CLITANDRE, ACASTE.

CLITANDRE.

Cher marquis, je te vois l'âme bien satisfaite ;
Toute chose t'égaye, et rien ne t'inquiète.
En bonne foi, crois-tu, sans t'éblouir les yeux,
Avoir de grands sujets de paraître joyeux ?

ACASTE.

Parbleu ! je ne vois pas, lorsque je m'examine,
Où prendre aucun sujet d'avoir l'âme chagrine.
J'ai du bien, je suis jeune, et sors d'une maison
Qui se peut dire noble avec quelque raison ;
Et je crois, par le rang que me donne ma race,
Qu'il est fort peu d'emplois dont je ne sois en passe :
Pour le cœur, dont surtout nous devons faire cas,
On sait, sans vanité, que je n'en manque pas ;
Et l'on m'a vu pousser, dans le monde, une affaire
D'une assez vigoureuse et gaillarde manière.
Pour de l'esprit, j'en ai, sans doute, et de bon goût,

A juger sans étude, et raisonner de tout;
A faire aux nouveautés, dont je suis idolâtre,
Figure de savant, sur les bancs du théâtre;
Y décider en chef, et faire du fracas
A tous les beaux endroits qui méritent des *ah!*
Je suis assez adroit, j'ai bon air, bonne mine,
Les dents belles, surtout, et la taille fort fine;
Quant à se mettre bien, je crois, sans me flatter,
Qu'on serait mal venu de me le disputer.
Je me vois dans l'estime, autant qu'on y puisse être;
Fort aimé du beau sexe, et bien auprès du maître.
Je crois qu'avec cela, mon cher marquis, je croi
Qu'on peut, par tout pays, être content de soi.

CLITANDRE.

Oui; mais, trouvant ailleurs des conquêtes faciles,
Pourquoi pousser ici des soupirs inutiles?

ACASTE.

Moi, parbleu! je ne suis ni de taille, ni d'humeur
A pouvoir d'une belle essuyer la froideur.
C'est aux gens mal tournés, aux mérites vulgaires,
A brûler constamment pour des beautés sévères;
A languir à leurs pieds, et souffrir leurs rigueurs;
A chercher les secours des soupirs et des pleurs,
Et tâcher par des soins d'une très longue suite,
D'obtenir ce qu'on nie à leur peu de mérite.
Mais les gens de mon air, marquis, ne sont pas faits
Pour aimer à crédit, et faire tous les frais.

Quelque rare que soit le mérite des belles,
Je pense, dieu merci, qu'on vaut son prix comme elles;
Que, pour se faire honneur d'un cœur comme le mien,
Ce n'est pas la raison qu'il ne leur coûte rien;
Et qu'au moins, à tout mettre en de justes balances,
Il faut qu'à frais communs se fassent les avances.

CLITANDRE.

Tu penses donc, marquis, être fort bien ici?

ACASTE.

J'ai quelque lieu, marquis, de le penser ainsi.

CLITANDRE.

Crois-moi, détache-toi de cette erreur extrême:
Tu te flattes, mon cher, et t'aveugle toi-même.

ACASTE.

Il est vrai, je me flatte, et m'aveugle en effet.

CLITANDRE.

Mais qui te fait juger ton bonheur si parfait?

ACASTE.

Je me flatte.

CLITANDRE.

Sur quoi fonder tes conjectures?

ACASTE.

Je m'aveugle.

CLITANDRE.

En as-tu des preuves qui soient sûres?

ACASTE.

Je m'abuse, te dis-je.

CLITANDRE.

Est-ce que de ses vœux
Célimène t'a fait quelques secrets aveux?

ACASTE.

Non, je suis maltraité.

CLITANDRE.

Réponds-moi, je te prie.

ACASTE.

Je n'ai que des rebuts.

CLITANDRE.

Laissons la raillerie,
Et me dis quel espoir on peut t'avoir donné.

ACASTE.

Je suis le misérable, et toi le fortuné;
On a pour ma personne une aversion grande;
Et, quelqu'un de ces jours, il faut que je me pende.

CLITANDRE.

Oh çà, veux-tu, marquis, pour ajuster nos vœux,
Que nous tombions d'accord d'une chose tous deux?
Que, qui pourra montrer une marque certaine
D'avoir meilleure part au cœur de Célimène,
L'autre ici fera place au vainqueur prétendu,
Et le délivrera d'un rival assidu.

ACASTE.

Ah ! parbleu ! tu me plais avec un tel langage ;
Et, du bon de mon cœur, à cela je m'engage.
Mais, chut.

SCÈNE II.

CÉLIMÈNE, ACASTE, CLITANDRE.

CÉLIMÈNE.

Encore ici ?

CLITANDRE.

L'amour retient nos pas.

CÉLIMÈNE.

Je viens d'ouïr entrer un carrosse là-bas :
Savez-vous qui c'est ?

CLITANDRE.

Non.

SCÈNE III.

CÉLIMÈNE, ACASTE, CLITANDRE,
BASQUE.

BASQUE.

Arsinoé, madame,
Monte ici pour vous voir.

CÉLIMÈNE.

Que me veut cette femme ?

BASQUE.

Éliante là-bas est à l'entretenir.

(*il sort.*)

CÉLIMÈNE.

De quoi s'avise-t-elle ? et qui la fait venir ?

ACASTE.

Pour prude consommée en tous lieux elle passe :
Et l'ardeur de son zèle....

CÉLIMÈNE.

Oui, oui, franche grimace.
Dans l'âme, elle est du monde, et ses soins tentent tout
Pour accrocher quelqu'un, sans en venir à bout ;
Elle ne saurait voir, qu'avec un œil d'envie,
Les amans déclarés dont un autre est suivie ;
Et son triste mérite, abandonné de tous,
Contre le siècle aveugle est toujours en courroux ;
Elle tache à couvrir, d'un faux voile de prude,
Ce que chez elle on voit d'affreuse solitude ;
Et pour sauver l'honneur de ses faibles appas,
Elle attache du crime au pouvoir qu'ils n'ont pas.
Cependant un amant plairait fort à la dame,
Et même, pour Alceste, elle a tendresse d'âme :
Ce qu'il me rend de soins outrage ses attraits ;
Elle veut que ce soit un vol que je lui fais ;
Et son jaloux dépit, qu'avec peine elle cache,
En tous endroits, sous main, contre moi se détache.
Enfin, je n'ai rien vu de si sot à mon gré :
Elle est impertinente au suprême degré,
Et...

SCÈNE IV.

CLITANDRE, ACASTE, CÉLIMÈNE, ARSINOÉ.

CÉLIMÈNE, *allant au-devant d'Arsinoé.*

Ah! quel heureux sort en ce lieu vous amène?
Madame, sans mentir, j'étais de vous en peine.

ARSINOÉ.

Je viens pour quelqu'avis que j'ai cru vous devoir.

CÉLIMÈNE.

Ah, mon dieu! que je suis contente de vous voir.
(*Clitandre et Acaste sortent en riant.*)

SCÈNE V.

ARSINOÉ, CÉLIMÈNE.

ARSINOÉ.

Leur départ ne pouvait plus à propos se faire.

CÉLIMÈNE.

Voulons-nous nous asseoir?

ARSINOÉ.

Il n'est pas nécessaire.
Madame, l'amitié doit surtout éclater
Aux choses qui le plus nous peuvent importer;
Et, comme il n'en est point de plus grande importance
Que celles de l'honneur et de la bienséance,

Je viens, par un avis qui touche votre honneur,
Témoigner l'amitié que pour vous a mon cœur.
Hier, j'étais chez des gens de vertu singulière,
Où sur vous, du discours, on tourna la matière;
Et là, votre conduite, avec ses grands éclats,
Madame, eut le malheur qu'on ne la loua pas.
Cette foule de gens dont vous souffrez visite,
Votre galanterie, et les bruits qu'elle excite,
Trouvèrent des censeurs plus qu'il n'aurait fallu,
Et bien plus rigoureux que je n'eusse voulu.
Vous pouvez bien penser quel parti je sus prendre :
Je fis ce que je pus pour vous pouvoir défendre;
Je vous excusai fort sur votre intention,
Et voulus de votre âme être la caution.
Mais vous savez qu'il est des choses dans la vie
Qu'on ne peut excuser, quoiqu'on en ait envie;
Et je me vis contrainte à demeurer d'accord
Que l'air dont vous vivez vous faisait un peu tort;
Qu'il prenait dans le monde une méchante face;
Qu'il n'est conte fâcheux que partout on n'en fasse;
Et que, si vous vouliez, tous vos déportemens
Pourraient moins donner prise aux mauvais jugemens.
Non que j'y croie au fond l'honnêteté blessée;
Me préserve le ciel d'en avoir la pensée!
Mais aux ombres du crime on prête aisément foi,
Et ce n'est pas assez de bien vivre pour soi.
Madame, je vous crois l'âme trop raisonnable
Pour ne pas prendre bien cet avis profitable;
Et pour ne l'attribuer qu'aux mouvemens secrets
D'un zèle qui m'attache à tous vos intérêts.

CÉLIMÈNE.

Madame, j'ai beaucoup de grâces à vous rendre;
Un tel avis m'oblige, et, loin de le mal prendre,
J'en prétends reconnaître à l'instant la faveur
Par un avis aussi qui touche votre honneur;
Et comme je vous vois vous montrer mon amie,
En m'apprenant les bruits que de moi l'on publie,
Je veux suivre, à mon tour, un exemple si doux,
En vous avertissant de ce qu'on dit de vous.
En un lieu, l'autre jour, où je faisais visite,
Je trouvai quelques gens d'un très-rare mérite,
Qui, parlant des vrais soins d'une âme qui vit bien,
Firent tomber sur vous, madame, l'entretien.
Là, votre pruderie et vos éclats de zèle
Ne furent pas cités comme un fort bon modèle.
Cette affectation d'un grave extérieur,
Vos discours éternels de sagesse et d'honneur,
Vos mines et vos cris aux ombres d'indécence,
Que d'un mot ambigu peut avoir l'innocence;
Cette hauteur d'estime où vous êtes de vous,
Et ces yeux de pitié que vous jetez sur tous;
Vos fréquentes leçons et vos aigres censures
Sur des choses qui sont innocentes et pures;
Tout cela, si je puis vous parler franchement,
Madame, fut blâmé d'un commun sentiment.
« A quoi bon, disaient-ils, cette mine modeste,
« Et ce sage dehors que dément tout le reste?
« Elle est à bien prier exacte au dernier point;
« Mais elle bat ses gens, et ne les paye point.
« Dans tous les lieux dévots elle étale un grand zèle;

« Mais elle met du blanc, et veut paraître belle.
« Elle fait, des tableaux, couvrir les nudités;
« Mais elle a de l'amour pour les réalités. »
Pour moi, contre chacun, je pris votre défense,
Et leur assurai fort que c'était médisance;
Mais tous les sentimens combattirent le mien,
Et leur conclusion fut, que vous feriez bien
De prendre moins de soins des actions des autres,
Et de vous mettre un peu plus en peine des vôtres;
Qu'on doit se regarder soi-même un fort long temps
Avant que de songer à condamner les gens;
Qu'il faut mettre le poids d'une vie exemplaire
Dans les corrections qu'aux autres on veut faire;
Et qu'encor vaut-il mieux s'en remettre au besoin,
A ceux à qui le ciel en a commis le soin.
Madame, je vous crois aussi trop raisonnable
Pour ne pas prendre bien cet avis profitable,
Et pour ne l'attribuer qu'aux mouvemens secrets
D'un zèle qui m'attache à tous vos intérêts.

ARSINOÉ.

A quoi qu'en reprenant on soit assujettie,
Je ne m'attendais pas à cette repartie,
Madame; et je vois bien, par ce qu'elle a d'aigreur,
Que mon sincère avis vous a blessée au cœur.

CÉLIMÈNE.

Au contraire, madame; et, si l'on était sage,
Ces avis mutuels seraient mis en usage.
On détruirait par-là, traitant de bonne foi,

Ce grand aveuglement où chacun est pour soi.
Il ne tiendra qu'à vous, qu'avec le même zèle,
Nous ne continuions cet office fidèle;
Et ne prenions grand soin de nous dire, entre nous,
Ce que nous entendrons, vous de moi, moi de vous.

ARSINOÉ.

Ah! madame, de vous je ne puis rien entendre;
C'est en moi que l'on peut trouver fort à reprendre.

CÉLIMÈNE.

Madame, on peut, je crois, louer et blâmer tout,
Et chacun a raison suivant l'âge ou le goût.
Il est une saison pour la galanterie,
Il en est une aussi propre à la pruderie;
On peut, par politique, en prendre le parti
Quand de nos jeunes ans l'éclat est amorti:
Cela sert à couvrir de fâcheuses disgrâces.
Je ne dis pas qu'un jour je ne suive vos traces,
L'âge amènera tout; et ce n'est pas le temps,
Madame, comme on sait, d'être prude à vingt ans.

ARSINOÉ.

Certes, vous vous targuez d'un bien faible avantage,
Et vous faites sonner terriblement votre âge;
Ce que de plus que vous on en pourrait avoir,
N'est pas d'un si grand cas pour s'en tant prévaloir;
Et je ne sais pourquoi votre âme ainsi s'emporte,
Madame, à me pousser de cette étrange sorte.

CÉLIMÈNE.

Et moi je ne sais pas, madame, aussi pourquoi
On vous voit en tous lieux vous déchaîner sur moi.
Faut-il de vos chagrins sans cesse à moi vous prendre?
Et puis-je mais des soins qu'on ne va pas vous rendre?
Si ma personne aux gens inspire de l'amour,
Et si l'on continue à m'offrir chaque jour
Des vœux que votre cœur peut souhaiter qu'on m'ôte,
Je n'y saurais que faire, et ce n'est pas ma faute;
Vous avez le champ libre, et je n'empêche pas
Que, pour les attirer, vous n'ayez des appas.

ARSINOÉ.

Hélas! et croyez-vous que l'on se mette en peine
De ce nombre d'amans dont vous faites la vaine?
Et qu'il ne nous soit pas fort aisé de juger
A quel prix aujourd'hui l'on peut les engager?
Pensez-vous faire croire, à voir comme tout roule,
Que votre seul mérite attire cette foule?
Qu'ils ne brûlent pour vous que d'un honnête amour,
Et que, pour vos vertus, ils vous font tous la cour?
On ne s'aveugle point par de vaines défaites,
Le monde n'est point dupe; et j'en vois qui sont faites
A pouvoir inspirer de tendres sentimens,

Qui, chez elles pourtant, ne fixent point d'amans :
Et, de là, nous pouvons tirer des conséquences
Qu'on n'acquiert point leurs cœurs sans de grandes avances ;
Qu'aucun, pour nos beaux yeux, n'est notre soupirant,
Et qu'il faut acheter tous les soins qu'on nous rend.
Ne vous enflez donc point d'une si grande gloire
Pour les petits brillans d'une faible victoire,
Et corrigez un peu l'orgueil de vos appas
De traiter pour cela les gens du haut en bas.
Si nos yeux enviaient les conquêtes des vôtres,
Je pense qu'on pourrait faire comme les autres,
Ne se point ménager, et vous faire bien voir
Que l'on a des amans quand on en veut avoir.

CÉLIMÈNE.

Ayez-en donc, madame, et voyons cette affaire :
Par ce rare secret, efforcez-vous de plaire ;
Et sans...

ARSINOÉ.

Brisons, madame, un pareil entretien,
Il pousserait trop loin votre esprit et le mien ;
Et j'aurais pris déjà le congé qu'il faut prendre,
Si mon carrosse encor ne m'obligeait d'attendre.

CÉLIMÈNE.

Autant qu'il vous plaira, vous pouvez arrêter,
Madame, et là-dessus, rien ne doit vous hâter.
Mais, sans vous fatiguer de ma cérémonie,
Je m'en vais vous donner meilleure compagnie ;

Et monsieur, qu'à propos le hasard fait venir
Remplira mieux ma place à vous entretenir.
(*Alceste salue Célimène.*)

SCÈNE VI.

ALCESTE, CÉLIMÈNE, ARSINOÉ.

CÉLIMÈNE.

Alceste, il faut que j'aille écrire un mot de lettre
Que, sans me faire tort, je ne saurais remettre.
Soyez avec madame ; elle aura la bonté
D'excuser aisément mon incivilité.

SCENE VII.

ALCESTE, ARSINOÉ.

ARSINOÉ.

Vous voyez, elle veut que je vous entretienne,
Attendant un moment que mon carrosse vienne ;
Et jamais tous ses soins ne pouvaient m'offrir rien
Qui me fût plus charmant qu'un pareil entretien.
En vérité, les gens d'un mérite sublime
Entraînent de chacun et l'amour et l'estime ;
Et le vôtre, sans doute, a des charmes secrets
Qui font entrer mon cœur dans tous vos intérêts.
Je voudrais que la cour, par un regard propice,
A ce que vous valez rendît plus de justice :
Vous avez à vous plaindre, et je suis en courroux

Quand je vois, chaque jour, qu'on ne fait rien
pour vous.

ALCESTE.

Moi! madame? Et sur quoi pourrai-je en rien
prétendre?
Quel service à l'état est-ce qu'on m'a vu rendre?
Qu'ai-je fait, s'il vous plaît, de si brillant en soi,
Pour me plaindre à la cour qu'on ne fait rien
pour moi?

ARSINOÉ.

Tous ceux sur qui la cour jette des yeux propices
N'ont pas toujours rendu de ces fameux services.
Il faut l'occasion, ainsi que le pouvoir;
Et le mérite enfin que vous nous faites voir,
Devrait....

ALCESTE.

Mon dieu! laissons mon mérite, de grâce;
De quoi voulez-vous là que la cour s'embarrasse?
Elle aurait fort à faire, et ses soins seraient grands
D'avoir à déterrer le mérite des gens.

ARSINOÉ.

Un mérite éclatant se déterre lui-même;
Du vôtre, en bien des lieux, on fait un cas ex-
trême:
Et vous saurez de moi qu'en deux forts bons en-
droits,
Vous fûtes hier loué par des gens d'un grand poids.

ALCESTE.

Hé! madame, l'on loue aujourd'hui tout le
monde,

Et le siècle par-là n'a rien qu'on ne confonde :
Tout est d'un grand mérite également doué ;
Ce n'est plus un honneur que de se voir loué ;
D'éloges on regorge, à la tête on les jette ;
Et mon valet de chambre est mis dans la gazette.

ARSINOÉ.

Pour moi, je voudrais bien que, pour vous montrer mieux,
Une charge à la cour vous pût frapper les yeux.
Pour peu que d'y songer vous nous fassiez les mines,
On peut, pour vous servir, remuer des machines ;
Et j'ai des gens en main que j'emploîrai pour vous,
Qui vous feront à tout un chemin assez doux.

ALCESTE.

Et que voudriez-vous, madame, que j'y fisse ?
L'humeur dont je me sens veut que je m'en bannisse ;
Le ciel ne m'a point fait, en me donnant le jour,
Une âme compatible avec l'air de la cour ;
Je ne me trouve point les vertus nécessaires
Pour y bien réussir, et faire mes affaires,
Être franc et sincère est mon plus grand talent ;
Je ne sais point jouer les hommes en parlant ;
Et qui n'a pas le don de cacher ce qu'il pense,
Doit faire en ce pays fort peu de résidence.
Hors de la cour, sans doute, on n'a pas cet appui,
Et ces titres d'honneur qu'elle donne aujourd'hui ;
Mais on n'a pas aussi, perdant ces avantages,
Le chagrin de jouer de fort sots personnages.

On n'a point à souffrir mille rebuts cruels,
On n'a point à louer les vers de messieurs tels,
A donner de l'encens à madame une telle,
Et de nos francs marquis essuyer la cervelle.

ARSINOÉ.

Laissons, puisqu'il vous plaît, ce chapitre de cour.
Mais il faut que mon cœur vous plaigne en votre amour;
Et, pour vous découvrir là-dessus mes pensées,
Je souhaiterais fort vos ardeurs mieux placées.
Vous méritez, sans doute, un sort beaucoup plus doux,
Et celle qui vous charme est indigne de vous.

ALCESTE.

Mais, en disant cela, songez-vous, je vous prie,
Que cette personne est, madame, votre amie?

ARSINOÉ.

Oui; mais ma conscience est blessée en effet
De souffrir plus long-temps le tort que l'on vous fait:
L'état où je vous vois afflige trop mon âme,
Et je vous donne avis qu'on trahit votre flamme.

ALCESTE.

C'est me montrer, madame, un tendre mouvement,
Et de pareils avis obligent un amant.

ARSINOÉ.

Oui, toute mon amie elle est, et je la nomme
Indigne d'asservir le cœur d'un galant homme,

Et le sien n'a pour vous que de feintes douceurs.

ALCESTE.

Cela se peut, madame, on ne voit pas les cœurs :
Mais votre charité se serait bien passée
De jeter dans le mien une telle pensée.

ARSINOÉ.

Si vous ne voulez pas être désabusé,
Il faut ne vous rien dire, il est assez aisé.

ALCESTE.

Non ; mais sur ce sujet, quoique l'on nous expose,
Les doutes sont fâcheux plus que toute autre chose ;
Et je voudrais, pour moi, qu'on ne me fît savoir
Que ce qu'avec clarté l'on peut me faire voir.

ARSINOÉ.

Hé bien, c'est assez dit ; et sur cette matière,
Vous allez recevoir une pleine lumière.
Oui, je veux que de tout vos yeux vous fassent foi.
Donnez-moi seulement la main jusque chez moi :
Là, je vous ferai voir une preuve fidèle
De l'infidélité du cœur de votre belle ;
Et, si pour d'autres yeux le vôtre peut brûler,
On pourra vous offrir de quoi vous consoler.

FIN DU TROISIÈME ACTE.

ACTE QUATRIÈME.

SCENE I.

ÉLIANTE, PHILINTE.

PHILINTE.

Non, l'on n'a point vu d'âme à manier si dure,
Ni d'accommodement plus pénible à conclure;
En vain de tous côtés on l'a voulu tourner,
Hors de son sentiment on n'a pu l'entraîner;
Et jamais différens si bizarres, je pense,
N'avaient de ces messieurs occupé la prudence.
« Non, messieurs, disait-il, je ne me dédis point,
» Et tomberais d'accord de tout hors de ce point.
» De quoi s'offense-t-il? et que veut-il me dire?
» Y va-t-il de sa gloire à ne pas bien écrire?
» Que lui fait mon avis, qu'il a pris de travers?
» On peut être honnête homme, et faire mal des vers;
» Ce n'est point à l'honneur que touchent ces matières;
» Je le tiens galant homme en toutes les manières,
» Homme de qualité, de mérite, et de cœur.
» Tout ce qu'il vous plaira; mais fort méchant auteur.
» Je louerai, si l'on veut, son train et sa dépense,

» Son adresse à cheval, aux armes, à la danse ;
» Mais, pour louer ses vers, je suis son serviteur ;
» Et, lorsque d'en mieux faire on n'a pas le bonheur,
» On ne doit de rimer avoir aucune envie,
» Qu'on n'y soit condamné sur peine de la vie. »
Enfin toute la grâce et l'accommodement
Où s'est, avec effort, plié son sentiment,
C'est de dire, croyant adoucir mieux son style :
« Monsieur je suis fâché d'être si difficile ;
» Et pour l'amour de vous, je voudrais, de bon cœur,
» Avoir trouvé tantôt votre sonnet meilleur. »
Et, dans une embrassade, on leur a, pour conclure,
Fait vite envelopper toute la procédure.

ÉLIANTE.

Dans ses façons d'agir il est fort singulier,
Mais j'en fais, je l'avoue, un cas particulier ;
Et la sincérité dont son âme se pique,
A quelque chose en soi de noble et d'héroïque.
C'est une vertu rare au siècle d'aujourd'hui,
Et je la voudrais voir partout, comme chez lui.

PHILINTE.

Pour moi, plus je le vois, plus surtout je m'étonne
De cette passion où son cœur s'abandonne.
De l'humeur dont le ciel a voulu le former,
Je ne sais pas comment il s'avise d'aimer ;
Et je sais moins encor comment votre cousine
Peut être la personne où son penchant l'incline.

ÉLIANTE.

Cela fait assez voir que l'amour, dans les cœurs,
N'est pas toujours produit par un rapport d'humeurs;
Et toutes ces raisons de douces sympathies,
Dans cet exemple-ci, se trouvent démenties.

PHILINTE.

Mais croyez-vous qu'on l'aime, aux choses qu'on peut voir?

ÉLIANTE.

C'est un point qu'il n'est pas fort aisé de savoir.
Comment pouvoir juger s'il est vrai qu'elle l'aime?
Son cœur, de ce qu'il sent, n'est pas bien sûr lui-même;
Il aime quelquefois sans qu'il le sache bien,
Et croit aimer aussi parfois, qu'il n'en est rien.

PHILINTE.

Je crois que notre ami, près de cette cousine,
Trouvera des chagrins plus qu'il ne s'imagine;
Et s'il avait mon cœur, à dire vérité,
Il tournerait ses vœux tout d'un autre côté;
Et, par un choix plus juste, on le verrait madame,
Profiter des bontés que lui montre votre âme.

ÉLIANTE.

Pour moi, je n'en fais point de façons, et je croi
Qu'on doit, sur de tels points, être de bonne foi.
Je ne m'oppose point à toute sa tendresse,
Au contraire, mon cœur pour elle s'intéresse;
Et, si c'était qu'à moi la chose pût tenir,

Moi-même, à ce qu'il aime on me verrait l'unir.
Mais, si dans un tel choix, comme tout se peut faire,
Son amour éprouvait quelque destin contraire,
S'il fallait que d'un autre on couronnât les feux,
Je pourrais me résoudre à recevoir ses vœux ;
Et le refus souffert, en pareille occurrence,
Ne m'y ferait trouver aucune répugnance.

PHILINTE.

Et moi de mon côté, je ne m'oppose pas,
Madame, à ces bontés qu'ont pour lui vos appas;
Et lui-même, s'il veut, il peut bien vous instruire
De ce que, là-dessus, j'ai pris soin de lui dire.
Mais si, par un hymen qui les joindrait eux deux,
Vous étiez hors d'état de recevoir ses vœux,
Tous les miens tenteraient la faveur éclatante
Qu'avec tant de bonté votre âme lui présente.
Heureux si, quand son cœur s'y pourra dérober,
Elle pouvait sur moi, madame, retomber.

ÉLIANTE.

Vous vous divertissez, Philinte.

PHILINTE.

Non, madame;
Et je vous parle ici du meilleur de mon âme.
J'attends l'occasion de m'offrir hautement,
Et, de tous mes souhaits, j'en presse le moment.

SCÈNE II.

ALCESTE, ÉLIANTE, PHILINTE.

ALCESTE.

Ah ! faites-moi raison, madame, d'une offense
Qui vient de triompher de toute ma constance.

ÉLIANTE.

Qu'est-ce donc ? qu'avez-vous qui vous puisse émouvoir ?

ALCESTE.

J'ai ce que sans mourir je ne puis concevoir ;
Et le déchaînement de toute la nature
Ne m'accablerait pas comme cette aventure.
C'en est fait... mon amour... Je ne saurai parler.

ÉLIANTE.

Que votre esprit, un peu, tâche à se rappeler.

ALCESTE.

O juste ciel ! faut-il qu'on joigne à tant de grâces
Les vices odieux des âmes les plus basses ?

ÉLIANTE.

Mais encor, qui vous peut...

ALCESTE.

Ah ! tout est ruiné ;
Je suis, je suis trahi, je suis assassiné ;
Célimène... Eût-on pu croire cette nouvelle ?
Célimène me trompe, et n'est qu'une infidèle.

ÉLIANTE.

Avez-vous, pour le croire, un juste fondement ?

PHILINTE.

Peut-être est-ce un soupçon conçu légèrement ;
Et votre esprit jaloux prend parfois des chimères...

ALCESTE.

Ah! morbleu, mêlez-vous, monsieur, de vos affaires.
(*à Éliante.*)
C'est de sa trahison n'être que trop certain,
Que l'avoir dans ma poche, écrite de sa main.
Oui, madame, une lettre écrite pour Oronte
A produit à mes yeux ma disgrâce et sa honte ;
Oronte, dont j'ai cru qu'elle fuyait les soins,
Et que de mes rivaux je redoutais le moins.

PHILINTE.

Une lettre peut bien tromper par l'apparence,
Et n'est pas quelquefois si coupable qu'on pense.

ALCESTE.

Monsieur, encore un coup, laissez-moi, s'il vous plaît,
Et ne prenez souci que de votre intérêt.

ÉLIANTE.

Vous devez modérer vos transports ; et l'outrage..

ALCESTE.

Madame, c'est à vous qu'appartient cet ouvrage ;
C'est à vous que mon cœur a recours aujourd'hui
Pour pouvoir s'affranchir de mon cuisant ennui.

Vengez-moi d'une ingrate et perfide parente
Qui trahit lâchement une ardeur si constante;
Vengez-moi de ce trait qui doit vous faire horreur.

ÉLIANTE.

Moi, vous venger! comment?

ALCESTE.

En recevant mon cœur.
Acceptez-le, madame, au lieu de l'infidèle;
C'est par là que je puis prendre vengeance d'elle;
Et je la veux punir par les sincères vœux,
Par le profond amour, les soins respectueux,
Les devoirs empressés, et l'assidu service
Dont ce cœur va vous faire un ardent sacrifice.

ÉLIANTE.

Je compâtis, sans doute, à ce que vous souffrez,
Et ne méprise point le cœur que vous m'offrez:
Mais peut-être le mal n'est pas si grand qu'on pense,
Et vous pourrez quitter ce désir de vengeance.
Lorsque l'injure part d'un objet plein d'appas,
On fait force desseins qu'on n'exécute pas:
On a beau voir, pour rompre, une raison puissante,
Une coupable aimée est bientôt innocente:
Tout le mal qu'on lui veut se dissipe aisément;
Et l'on sait ce que c'est qu'un courroux d'un amant.

ALCESTE.

Non, non, madame, non; l'offense est trop mortelle,
Il n'est point de retour, et je romps avec elle;
Rien ne saurait changer le dessein que j'en fais,
Et je me punirais de l'estimer jamais.

La voici. Mon courroux redouble à cette approche.
Je vais de sa noirceur lui faire un vif reproche,
Pleinement la confondre; et vous porter après
Un cœur tout dégagé de ses trompeurs attraits.
(*Éliante, en sortant, parle bas, à Célimène.*)

SCENE III.

CÉLIMÈNE, ALCESTE.

ALCESTE, *à part.*

O ciel! de mes transports puis-je être ici le maître?

CÉLIMÈNE, *à part.*

(*à Alceste.*)

Ouais! Quel est donc le trouble où je vous vois paraître?
Et que me veulent dire, et ces soupirs poussés,
Et ces sombres regards que sur moi vous lancez?

ALCESTE.

Que toutes les horreurs dont une âme est capable.
A vos déloyautés n'ont rien de comparable;
Que le sort, les démons, et le ciel en courroux,
N'ont jamais rien produit de si méchant que vous.

CÉLIMÈNE.

Voilà certainement des douceurs que j'admire.

ALCESTE.

Ah! ne plaisantez point, il n'est pas temps de rire,
Rougissez bien plutôt, vous en avez raison;
Et j'ai de sûrs témoins de votre trahison.

Voilà ce que marquaient les troubles de mon âme ;
Ce n'était pas en vain que s'alarmait ma flamme.
Par ces fréquens soupçons, qu'on trouvait odieux,
Je cherchais le malheur qu'ont rencontré mes yeux ;
Et, malgré tous vos soins et votre adresse à feindre,
Mon astre me disait ce que j'avais à craindre :
Mais ne présumez pas que, sans être vengé,
Je souffre le dépit de me voir outragé.
Je sais que sur les vœux on n'a point de puissance,
Que l'amour veut partout naître sans dépendance ;
Que jamais par la force on n'entra dans un cœur ;
Et que toute âme est libre à nommer son vainqueur.
Aussi ne trouverais-je aucun sujet de plainte,
Si, pour moi, votre bouche avait parlé sans feinte ;
Et, rejetant mes vœux dès le premier abord,
Mon cœur n'aurait eu droit de s'en prendre qu'au sort.
Mais d'un aveu trompeur voir ma flamme applaudie,
C'est une trahison, c'est une perfidie
Qui ne saurait trouver de trop grands châtimens ;
Et je puis tout permettre à mes ressentimens.
Oui, oui, redoutez tout après un tel outrage ;
Je ne suis plus à moi, je suis tout à la rage,
Percé du coup mortel dont vous m'assassinez,
Mes sens par la raison ne sont plus gouvernés :
Je cède aux mouvemens d'une juste colère,
Et je ne réponds pas de ce que je puis faire.

CÉLIMÈNE.

D'où vient donc, je vous prie, un tel emportement ?
Avez-vous, dites-moi, perdu le jugement ?

ALCESTE.

Oui, oui, je l'ai perdu, lorsque dans votre vue
J'ai pris, pour mon malheur, le poison qui me tue;
Et que j'ai cru trouver quelque sincérité
Dans les traîtres appas dont je fus enchanté.

CÉLIMÈNE.

De quelle trahison pouvez-vous donc vous plaindre?

ALCESTE.

Ah! que ce cœur est double, et sait bien l'art de feindre!
Mais pour le mettre à bout j'ai des moyens tout prêts.
Jetez ici les yeux, et connaissez vos traits;
Ce billet découvert suffit pour vous confondre,
Et contre ce témoin on n'a rien à répondre.

CÉLIMÈNE.

Voilà donc le sujet qui vous trouble l'esprit?

ALCESTE.

Vous ne rougissez pas en voyant cet écrit?

CÉLIMÈNE.

Et par quelle raison faut-il que j'en rougisse?

ALCESTE.

Quoi! vous joignez ici l'audace à l'artifice?
Le désavoûrez-vous, pour n'avoir point de seing?

CÉLIMÈNE.

Pourquoi désavouer un billet de ma main?

ALCESTE.

Et vous pouvez le voir sans demeurer confuse
Du crime dont, vers moi, son style vous accuse?

CÉLIMÈNE.

Vous êtes, sans mentir, un grand extravagant.

ALCESTE.

Quoi! vous bravez ainsi ce témoin convaincant?
Et ce qu'il m'a fait voir de douceur pour Oronte
N'a donc rien qui m'outrage, et qui vous fasse honte?

CÉLIMÈNE.

Oronte! qui vous dit que la lettre est pour lui?

ALCESTE.

Les gens qui dans mes mains l'ont remise aujourd'hui.
Mais je veux consentir qu'elle soit pour un autre,
Mon cœur en a-t-il moins à se plaindre du vôtre?
En serez-vous vers moi moins coupable en effet?

CÉLIMÈNE.

Mais si c'est une femme à qui va ce billet,
En quoi vous blesse-t-il? et qu'a-t-il de coupable?

ALCESTE.

Ah! le détour est bon, et l'excuse admirable!
Je ne m'attendais pas, je l'avoue, à ce trait;
Et me voilà, par-là, convaincu tout-à-fait.
Osez-vous recourir à ces ruses grossières?
Et croyez-vous les gens si privés de lumières?
Voyons, voyons un peu par quel biais, de quel air

Vous voulez soutenir un mensonge si clair ;
Et comment vous pourrez tourner, pour une femme,
Tous les mots du billet qui montre tant de flamme :
Ajustez, pour couvrir un manquement de foi,
Ce que je m'en vais lire....

CÉLIMÈNE.

Il ne me plaît pas, moi.
Je vous trouve plaisant d'user d'un tel empire,
Et de me dire au nez ce que vous m'osez dire.

ALCESTE.

Non, non, sans s'emporter, prenez un peu souci
De me justifier les termes que voici.

CÉLIMÈNE.

Non, je n'en veux rien faire ; et, dans cette occurrence,
Tout ce que vous croirez m'est de peu d'importance.

ALCESTE.

De grâce, montrez-moi, je serai satisfait,
Qu'on peut, pour une femme, expliquer ce billet.

CÉLIMÈNE.

Non, il est pour Oronte ; et je veux qu'on le croie.
Je reçois tous ses soins avec beaucoup de joie ;
J'admire ce qu'il dit, j'estime ce qu'il est,
Et je tombe d'accord de tout ce qu'il vous plaît :
Faites, prenez parti, que rien ne vous arrête,
Et ne me rompez pas davantage la tête.

ALCESTE, *à part.*

Ciel! rien de plus cruel peut-il être inventé?
Et jamais cœur fut-il de la sorte traité?
Quoi! d'un juste courroux je suis ému contre elle,
C'est moi qui me viens plaindre, et c'est moi qu'on querelle!
On pousse ma douleur et mes soupçons à bout,
On me laisse tout croire, on fait gloire de tout;
Et cependant mon cœur est encore assez lâche
Pour ne pouvoir briser la chaîne qui l'attache,
Et pour ne pas s'armer d'un généreux mépris
Contre l'ingrat objet dont il est trop épris.
(*à Célimène.*)
Ah! que vous savez bien ici, contre moi-même,
Perfide, vous servir de ma faiblesse extrême,
Et ménager pour vous l'excès prodigieux
De ce fatal amour né de vos traîtres yeux!
Défendez-vous au moins du crime qui m'accable,
Et cessez d'affecter d'être envers moi coupable.
Rendez-moi, s'il se peut, ce billet innocent,
A vous prêter les mains ma tendresse consent;
Efforcez-vous ici de paraître fidèle,
Et je m'efforcerai, moi, de vous croire telle.

CÉLIMÈNE.

Allez, vous êtes fou dans vos transports jaloux,
Et ne méritez pas l'amour qu'on a pour vous.
Je voudrais bien savoir qui pourrait me contraindre
A descendre pour vous aux bassesses de feindre;
Et pourquoi, si mon cœur penchait d'autre côté,
Je ne le dirais pas avec sincérité.
Quoi! de mes sentimens l'obligeante assurance,

Contre tous vos soupçons, ne prend pas ma défense?
Auprès d'un tel garant, sont-ils de quelque poids?
N'est-ce pas m'outrager que d'écouter leur voix?
Et puisque notre cœur fait un effort extrême
Lorsqu'il peut se résoudre à confesser qu'il aime;
Puisque l'honneur du sexe, ennemi de nos feux,
S'oppose fortement à de pareils aveux,
L'amant qui voit pour lui franchir un tel obstacle,
Doit-il impunément douter de cet oracle?
Et n'est-il point coupable, en ne s'assurant pas
A ce qu'on ne dit point qu'après de grands combats?
Allez, de tels soupçons méritent ma colère,
Et vous ne valez pas que l'on vous considère:
Je suis sotte, et veux mal à ma simplicité
De conserver encor pour vous quelque bonté;
Je devrais autre part attacher mon estime,
Et vous faire un sujet de plainte légitime.

ALCESTE.

Ah! traîtresse, mon faible est étrange pour vous;
Vous me trompez sans doute, avec des mots si doux;
Mais il n'importe, il faut suivre ma destinée;
A votre foi mon âme est tout abandonnée;
Je veux voir jusqu'au bout quel sera votre cœur;
Et si de me trahir il aura la noirceur.

CÉLIMÈNE.

Non, vous ne m'aimez point comme il faut que l'on aime.

ALCESTE.

Ah! rien n'est comparable à mon amour extrême;

Et dans l'ardeur qu'il a de se montrer à tous,
Il va jusqu'à former des souhaits contre vous.
Oui, je voudrais qu'aucun ne vous trouvât aimable;
Que vous fussiez réduite en un sort misérable;
Que le ciel, en naissant, ne vous eût donné rien;
Que vous n'eussiez ni rang, ni naissance, ni bien;
Afin que de mon cœur l'éclatant sacrifice
Vous pût d'un pareil sort réparer l'injustice;
Et que j'eusse la joie et la gloire en ce jour
De vous voir tenir tout des mains de mon amour.

CÉLIMÈNE.

C'est me vouloir du bien d'une étrange manière!
Me préserve le ciel que vous ayez matière...!
Voici monsieur Dubois plaisamment figuré.

SCÈNE IV.

CÉLIMÈNE, ALCESTE, DUBOIS.

ALCESTE.

Que veut cet équipage, et cet air effaré?
Qu'as-tu?

DUBOIS.

Monsieur...

ALCESTE.

Hé bien?

DUBOIS.

Voici bien des mystères.

ALCESTE.

Qu'est-ce?

DUBOIS.

Nous sommes mal, monsieur, dans nos affaires.

ALCESTE.

Quoi?

DUBOIS.

Parlerai-je haut?

ALCESTE.

Oui, parle, et promptement.

DUBOIS.

N'est-il point là quelqu'un?

ALCESTE.

Ah! que d'amusement!

Veux-tu parler?

DUBOIS.

Monsieur, il faut faire retraite.

ALCESTE.

Comment?

DUBOIS.

Il faut d'ici déloger sans trompette.

ALCESTE.

Et pourquoi?

DUBOIS.

Je vous dis qu'il faut quitter ce lieu.

ALCESTE.

La cause?

DUBOIS.

Il faut partir, monsieur, sans dire adieu.

ALCESTE.

Mais par quelle raison me tiens-tu ce langage?

DUBOIS.

Par la raison, monsieur, qu'il faut plier bagage.

ALCESTE.

Ah! je te casserai la tête assurément,
Si tu ne veux, maraud, t'expliquer autrement.

DUBOIS.

Monsieur, un homme noir et d'habit et de mine
Est venu nous laisser, jusque dans la cuisine,
Un papier griffonné d'une telle façon,
Qu'il faudrait, pour le lire, être pis qu'un démon.
C'est de votre procès, je n'en fais aucun doute;
Mais le diable d'enfer, je crois, n'y verrait goutte.

ALCESTE.

Hé bien! quoi? Ce papier, qu'a-t-il à démêler,
Traître, avec le départ dont tu viens me parler?

DUBOIS.

C'est pour vous dire ici, monsieur, qu'une heure ensuite
Un homme, qui souvent vous vient rendre visite,
Est venu vous chercher avec empressement,
Et, ne vous trouvant pas, m'a chargé doucement,
Sachant que je vous sers avec beaucoup de zèle,
De vous dire.... Attendez, comme est-ce qu'il s'appelle?

ALCESTE.

Laisse là son nom, traître, et dis ce qu'il t'a dit.

DUBOIS.

C'est un de vos amis enfin, cela suffit.
Il m'a dit que d'ici votre péril vous chasse,
Et que d'être arrêté le sort vous y menace.

ALCESTE.

Mais quoi! n'a-t-il voulu te rien spécifier?

DUBOIS.

Non. Il m'a demandé de l'encre et du papier,
Et vous a fait un mot, où vous pourrez, je pense,
Du fond de ce mystère avoir la connaissance.

ALCESTE.

Donne-le donc.

(*Dubois cherche le billet dans toutes ses poches.*)

CÉLIMÈNE.

Que peut envelopper ceci?

ALCESTE.

Je ne sais; mais j'aspire à m'en voir éclairci.
Auras-tu bientôt fait impertinent au diable?

DUBOIS, *après avoir long-temps cherché le billet.*

Ma foi, je l'ai, monsieur, laissé sur votre table.

ALCESTE.

Je ne sais qui me tient....

(*Dubois sort.*)

CÉLIMÈNE.

Ne vous emportez pas,
Et courez démêler un pareil embarras.

ALCESTE.

Il semble que le sort, quelque soin que je prenne,
Ait juré d'empêcher que je vous entretienne;
Mais, pour en triompher, souffrez à mon amour
De vous revoir, madame, avant la fin du jour.

FIN DU QUATRIÈME ACTE.

ACTE CINQUIÈME.

SCÈNE I.

PHILINTE, ALCESTE.

ALCESTE.

La résolution en est prise, vous dis-je.

PHILINTE.

Mais quel que soit ce coup, faut-il qu'il vous oblige....

ALCESTE.

Non, vous avez beau faire, et beau me raisonner,
Rien, de ce que je dis ne me peut détourner :
Trop de perversité règne au siècle où nous sommes;
Et je veux me tirer du commerce des hommes.
Quoi ! contre ma partie on voit tout à la fois
L'honneur, la probité, la pudeur, et les lois ;
On publie en tous lieux l'équité de ma cause ;
Sur la foi de mon droit mon âme se repose ;
Cependant je me vois trompé par le succès.
J'ai pour moi la justice, et je perds mon procès !
Un traître, dont on sait la scandaleuse histoire,
Est sorti triomphant d'une fausseté noire !
Toute la bonne foi cède à sa trahison !
Il trouve, en m'égorgeant, moyen d'avoir raison !

Le poids de sa grimace, où brille l'artifice,
Renverse le bon droit et tourne la justice !
Il fait par un arrêt couronner son forfait ;
Et non content encor du tort que l'on me fait,
Il court parmi le monde un livre abominable,
Et de qui la lecture est même condamnable ;
Un livre à mériter la dernière rigueur,
Dont le fourbe a le front de me faire l'auteur !
Et là-dessus on voit Oronte qui murmure,
Et tâche méchamment d'appuyer l'imposture !
Lui, qui d'un honnête homme à la cour tient le rang,
A qui je n'ai rien fait qu'être sincère et franc,
Qui me vient, malgré moi, d'une ardeur empressée,
Sur des vers qu'il a faits demander ma pensée ;
Et parce que j'en use avec honnêteté,
Et ne le veux trahir, lui, ni la vérité,
Il aide à m'accabler d'un crime imaginaire !
Le voilà devenu mon plus grand adversaire !
Et jamais de son cœur je n'aurai de pardon,
Pour n'avoir pas trouvé que son sonnet fût bon !
Et les hommes, morbleu ! sont faits de cette sorte !
C'est à ces actions que la gloire les porte !
Voilà la bonne foi, le zèle vertueux,
La justice et l'honneur que l'on trouve chez eux !
Allons, c'est trop souffrir les chagrins qu'on nous forge ;
Tirons-nous de ce bois et de ce coupe-gorge.
Puisqu'entre humains ainsi vous vivez en vrais loups,
Traîtres, vous ne m'aurez de ma vie avec vous.

PHILINTE.

Je trouve un peu bien prompt le dessein où vous êtes,
Et tout le mal n'est pas si grand que vous le faites.
Ce que votre partie ose vous imputer
N'a point eu le crédit de vous faire arrêter;
On voit son faux rapport lui-même se détruire,
Et c'est une action qui pourrait bien lui nuire.

ALCESTE.

Lui! de semblables tours il ne craint point l'éclat?
Il a permission d'être franc scélérat;
Et, loin qu'à son crédit nuise cette aventure,
On l'en verra demain en meilleure posture.

PHILINTE.

Enfin il est constant qu'on n'a pas trop donné
Au bruit que contre vous sa malice a tourné;
De ce côté, déjà, vous n'avez rien à craindre;
Et pour votre procès, dont vous pouvez vous plaindre,
Il vous est en justice aisé d'y revenir,
Et, contre cet arrêt...

ALCESTE.

Non, je veux m'y tenir.
Quelque sensible tort qu'un tel arrêt me fasse,
Je me garderai bien de vouloir qu'on le casse:
On y voit trop à plein le bon droit maltraité,
Et je veux qu'il demeure à la postérité,
Comme une marque insigne, un fameux témoignage
De la méchanceté des hommes de notre âge.

Ce sont vingt mille francs qu'il m'en pourra coûter ;
Mais, pour vingt mille francs, j'aurai droit de pester
Contre l'iniquité de la nature humaine.
Et de nourrir pour elle une immortelle haine.

PHILINTE.

Mais enfin....

ALCESTE.

Mais, enfin vos soins sont superflus.
Que pouvez-vous, monsieur, me dire là-dessus?
Aurez-vous bien le front de me vouloir, en face,
Excuser les horreurs de tout ce qui se passe ?

PHILINTE.

Non, je tombe d'accord de tout ce qu'il vous plaît ;
Tout marche par cabale, et par pur intérêt ;
Ce n'est plus que la ruse aujourd'hui qui l'emporte,
Et les hommes devraient être faits d'autre sorte.
Mais est-ce une raison que leur peu d'équité,
Pour vouloir se tirer de leur société ?
Tous ces défauts humains nous donnent, dans la vie,
Des moyens d'exercer notre philosophie :
C'est le plus bel emploi que trouve la vertu ;
Et si de probité tout était revêtu,
Si tous les cœurs étaient francs, justes et dociles,
La plupart des vertus nous seraient inutiles ;
Puisqu'on en met l'usage à pouvoir, sans ennui,
Supporter dans nos droits l'injustice d'autrui ;

Et, de même qu'un cœur, d'une vertu profonde...

ALCESTE.

Je sais que vous parlez, monsieur, le mieux du monde :
En beaux raisonnemens vous abondez toujours ;
Mais vous perdez le temps et tous vos beaux discours.
La raison, pour mon bien, veut que je me retire ;
Je n'ai point sur ma langue un assez grand empire,
De ce que je dirais je ne répondrais pas ;
Et je me jetterais cent choses sur les bras.
Laissez-moi, sans dispute, attendre Célimène.
Il faut qu'elle consente au dessein qui m'amène ;
Je vais voir si son cœur a de l'amour pour moi,
Et c'est ce moment-ci qui doit m'en faire foi.

PHILINTE.

Montons chez Éliante, attendant sa venue.

ALCESTE.

Non ; de trop de souci je me sens l'âme émue.
Allez vous-en la voir, et me laissez enfin,
Dans ce petit coin sombre, avec mon noir chagrin.

PHILINTE.

C'est une compagnie étrange pour attendre ;
Et je vais obliger Éliante à descendre.

SCÈNE II.

CÉLIMÈNE, ORONTE, ALCESTE assis dans un coin.

ORONTE.

Oui, c'est à vous de voir si par des nœuds si doux,
Madame, vous voulez m'attacher tout à vous.
Il me faut de votre âme une pleine assurance;
Un amant là-dessus n'aime point qu'on balance.
Si l'ardeur de mes feux a pu vous émouvoir,
Vous ne devez point feindre à me le faire voir;
Et la preuve, après tout, que je vous en demande,
C'est de ne plus souffrir qu'Alceste vous prétende;
De le sacrifier, madame, à mon amour,
Et de chez vous, enfin, le bannir dès ce jour.

CÉLIMÈNE.

Mais quel sujet si grand contre lui vous irrite,
Vous à qui j'ai tant vu parler de son mérite.

ORONTE.

Madame, il ne faut point ces éclaircissemens;
Il s'agit de savoir quels sont vos sentimens.
Choisissez, s'il vous plaît, de garder l'un ou l'autre:
Ma résolution n'attend rien que la vôtre.

ALCESTE, *sortant du coin où il était.*

Oui, monsieur a raison, madame, il faut choisir;
Et sa demande ici s'accorde à mon désir.

Pareille ardeur me presse, et même soin m'amène ;
Mon amour veut du vôtre une marque certaine ;
Les choses ne sont plus pour traîner en longueur,
Et voici le moment d'expliquer votre cœur.

ORONTE.

Je ne veux point, monsieur, d'une flamme importune
Troubler aucunement votre bonne fortune.

ALCESTE.

Je ne veux point, monsieur, jaloux, ou non jaloux,
Partager de son cœur rien du tout avec vous.

ORONTE.

Si votre amour au mien lui semble préférable...

ALCESTE.

Si du moindre penchant elle est pour vous capable....

ORONTE.

Je jure de n'y rien prétendre désormais.

ALCESTE.

Je jure hautement de ne la voir jamais.

ORONTE.

Madame, c'est à vous de parler sans contrainte.

ALCESTE.

Madame, vous pouvez vous expliquer sans crainte.

ORONTE.

Vous n'avez qu'à nous dire où s'attachent vos vœux.

ALCESTE.

Vous n'avez qu'à trancher, et choisir de nous deux.

ORONTE.

Quoi ! sur un pareil choix vous semblez être en
peine ?

ALCESTE.

Quoi ! votre âme balance et paraît incertaine ?

CÉLIMÈNE.

Mon Dieu ! que cette instance est là hors de sai-
son,
Et que vous témoignez tous deux peu de raison.
Je sais prendre parti sur cette préférence,
Et ce n'est pas mon cœur maintenant qui balance :
Il n'est point suspendu, sans doute, entre vous
deux,
Et rien n'est sitôt fait que le choix de nos vœux.
Mais je souffre, à vrai dire, une gêne trop forte
A prononcer en face un aveu de la sorte.
Je trouve que ces mots, qui sont désobligeans,
Ne se doivent point dire en présence des gens ;
Qu'un cœur de son penchant donne assez de lu-
mière,
Sans qu'on nous fasse aller jusqu'à rompre en vi-
sière ;
Et qu'il suffit enfin que de plus doux témoins
Instruisent un amant du malheur de ses soins.

ORONTE.

Non, non, un franc aveu n'a rien que j'ap-
préhende,
J'y consens pour ma part.

ALCESTE.

Et moi, je le demande;
C'est son éclat surtout qu'ici j'ose exiger,
Et je ne prétends point vous voir rien ménager.
Conserver tout le monde est votre grande étude;
Mais plus d'amusement, et plus d'incertitude.
Il faut vous expliquer nettement là-dessus,
Ou bien pour un arrêt je prends votre refus;
Je saurai de ma part expliquer ce silence,
Et me tiendrai pour dit tout le mal que j'en pense.

ORONTE.

Je vous sais fort bon gré, monsieur, de ce courroux,
Et je lui dis ici même chose que vous.

CÉLIMÈNE.

Que vous me fatiguez avec un tel caprice!
Ce que vous demandez a-t-il de la justice?
Et ne vous dis-je pas quel motif me retient?
J'en vais prendre pour juge Éliante qui vient.

SCÈNE III.

ÉLIANTE, PHILINTE, CÉLIMÈNE, ORONTE, ALCESTE.

CÉLIMÈNE.

Je me vois, ma cousine, ici persécutée
Par des gens dont l'humeur y paraît concertée.
Ils veulent, l'un et l'autre, avec même chaleur,
Que je prononce entre eux le choix que fait mon cœur;

Et que, par un arrêt qu'en face il me faut rendre,
Je défende à l'un d'eux tous les soins qu'il peut
prendre.
Dites-moi si jamais cela se fait ainsi?

ÉLIANTE.

N'allez point là-dessus me consulter ici;
Peut-être y pourriez-vous être mal adressée,
Et je suis pour les gens qui disent leur pensée.

ORONTE.

Madame, c'est en vain que vous vous défendez.

ALCESTE.

Tous vos détours ici seront mal secondés.

ORONTE.

Il faut, il faut parler, et lâcher la balance.

ALCESTE.

Il ne faut que poursuivre à garder le silence.

ORONTE.

Je ne veux qu'un seul mot pour finir nos débats.

ALCESTE.

Et moi, je vous entends, si vous ne parlez pas.

SCÈNE IV.

ARSINOÉ, CÉLIMÈNE, ÉLIANTE, ALCESTE, PHILINTE, ACASTE, CLITANDRE, ORONTE.

ACASTE, *à Célimène.*

Madame, nous venons tous deux, sans vous déplaire,

Éclaircir avec vous une petite affaire.

CLITANDRE, *à Oronte et à Alceste.*

Fort à propos, messieurs, vous vous trouvez ici ;
Et vous êtes mêlés dans cette affaire aussi.

ARSINOÉ, *à Célimène.*

Madame, vous serez surprise de ma vue;
Mais ce sont ces messieurs qui causent ma venue.
Tous deux ils m'ont trouvée, et se sont plaints à moi
D'un trait à qui mon cœur ne saurait prêter foi.
J'ai du fond de votre âme une trop haute estime
Pour vous croire jamais capable d'un tel crime ;
Mes yeux ont démenti leurs témoins les plus forts,
Et, l'amitié passant sur de petits discords,
J'ai bien voulu chez vous leur faire compagnie,
Pour vous voir, vous laver de cette calomnie.

ACASTE.

Oui, madame, voyons, d'un esprit adouci,
Comment vous vous prendrez à soutenir ceci.
Cette lettre par vous est écrite à Clitandre.

CLITANDRE.

Vous avez, pour Acaste, écrit ce billet tendre.

ACASTE, *à Oronte et à Alceste.*

Messieurs, ces traits pour vous n'ont point d'obscurité,
Et je ne doute pas que sa civilité
A connaître sa main n'ait trop su vous instruire ;
Mais ceci vaut assez la peine de le lire.
Vous êtes un étrange homme, Clitandre, de con-

damner mon enjouement, et de me reprocher que je n'ai jamais tant de joie que lorsque je ne suis pas avec vous. Il n'y a rien de plus injuste; et si vous ne venez bien vite me demander pardon de de cette offense, je ne vous la pardonnerai de ma vie. Notre grand flandrin de vicomte.....

Il devrait être ici.

Notre grand flandrin de vicomte, par qui vous commencez vos plaintes, est un homme qui ne saurait me revenir; et, depuis que je l'ai vu, trois quarts-d'heure durant, cracher dans un puits pour faire des ronds, je n'ai pu jamais prendre bonne opinion de lui. Pour le petit marquis....

C'est moi-même, messieurs, sans nulle vanité.

Pour le petit marquis, qui me tint hier longtemps la main, je trouve qu'il n'y a rien de si mince que toute sa personne; et ce sont de ces mérites qui n'ont que la cape et l'épée. Pour l'homme aux rubans verts.....

(*à Alceste.*)

A vous le dé, monsieur.

Pour l'homme aux rubans verts, il me divertit quelquefois avec ses brusqueries et son chagrin bourru; mais il est cent momens où je le trouve le plus fâcheux du monde. Et pour l'homme au sonnet....

(*à Oronte.*)

Voici votre paquet.

Et pour l'homme au sonnet, qui s'est jeté dans le bel esprit, et veut être auteur malgré tout le monde, je ne puis me donner la peine d'écouter ce qu'il dit; et sa prose me fatigue autant que ses vers. Mettez-vous donc en tête que je ne me divertis pas toujours si bien que vous pensez; que je vous trouve à dire, plus que je ne voudrais, dans toutes les parties où l'on m'entraîne; et que c'est un merveilleux assaisonnement aux plaisirs qu'on goûte, que la présence des gens qu'on aime.

CLITANDRE.

Me voici maintenant, moi.

Votre Clitandre, dont vous me parlez, et qui fait tant le doucereux, est le dernier des hommes pour qui j'aurais de l'amitié. Il est extravagant de se persuader qu'on l'aime, et vous l'êtes de croire qu'on ne vous aime pas. Changez, pour être raisonnable, vos sentimens contre les siens, et voyez-moi le plus que vous pourrez, pour m'aider à porter le chagrin d'en être obsédée.

D'un fort beau caractère on voit là le modèle,
Madame, et vous savez comment cela s'appelle.
Il suffit. Nous allons, l'un et l'autre, en tous lieux,
Montrer de votre cœur le portrait glorieux.

ACASTE.

J'aurais de quoi vous dire, et belle est la matière;
Mais je ne vous tiens pas digne de ma colère;
Et je vous ferai voir que les petits marquis
Ont, pour se consoler, des cœurs de plus haut prix.

(*Clitandre et Acaste sortent.*)

SCÈNE V.

CÉLIMÈNE, ÉLIANTE, ARSINOÉ, ALCESTE, ORONTE, PHILINTE,

ORONTE.

Quoi! de cette façon je vois qu'on me déchire,
Après tout ce qu'à moi je vous ai vu m'écrire?
Et votre cœur, paré de beaux semblans d'amour,
A tout le genre humain se promet tour à tour?
Allez, j'étais trop dupe, et je vais ne plus l'être;
Vous me faites un bien, me faisant vous connaître;
J'y profite d'un cœur qu'ainsi vous me rendez,
Et trouve ma vengeance en ce que vous perdez.
(*à Alceste.*)
Monsieur, je ne fais plus d'obstacle à votre flamme,
Et vous pouvez conclure affaire avec madame.
(*il sort.*)

SCÈNE VI.

CÉLIMÈNE, ÉLIANTE, ARSINOÉ, ALCESTE, PHILINTE.

ARSINOÉ, *à Célimène.*

Certes, voilà le trait du monde le plus noir:
Je ne me saurais taire, et me sens émouvoir.
Voit-on des procédés qui soient pareils aux vôtres?

Je ne prends point de part aux intérêts des autres ;
(*Montrant Alceste.*)
Mais monsieur, que chez vous fixait votre bonheur,
Un homme comme lui, de mérite et d'honneur,
Et qui vous chérissait avec idolâtrie,
Devrait-il...

ALCESTE.

Laissez-moi, madame, je vous prie,
Vider mes intérêts moi-même là-dessus,
Et ne vous chargez point de ces soins superflus.
Mon cœur a beau vous voir prendre ici sa querelle,
Il n'est point en état de payer ce grand zèle ;
Et ce n'est pas à vous que je pourrai songer,
Si, par un autre choix, je cherche à me venger.

ARSINOÉ.

Eh ! croyez-vous, monsieur, qu'on ait cette pensée.
Et que de vous avoir on soit tant empressée ?
Je vous trouve un esprit bien plein de vanité,
Si de cette créance il peut s'être flatté.
Le rebut de madame est une marchandise
Dont on aurait grand tort d'être si fort éprise.
Détrompez-vous, de grâce, et portez-le moins haut :
Ce ne sont pas des gens comme moi qu'il vous faut ;
Vous ferez bien encor de soupirer pour elle,
Et je brûle de voir une union si belle.

(*Elle sort.*)

SCÈNE VII.

CÉLIMÈNE, ÉLIANTE, ALCESTE, PHILINTE.

ALCESTE, *à Célimène.*

Hé bien, je me suis tu, malgré ce que je voi,
Et j'ai laissé parler tout le monde avant moi.
Ai-je pris sur moi-même un assez long empire?
Et puis-je maintenant...,

CÉLIMÈNE.

Oui, vous pouvez tout dire;
Vous en êtes en droit, lorsque vous vous plaindrez,
Et de me reprocher tout ce que vous voudrez.
J'ai tort, je le confesse; et mon âme confuse
Ne cherche à vous payer d'aucune vaine excuse.
J'ai des autres ici méprisé le courroux;
Mais je tombe d'accord de mon crime envers vous.
Votre ressentiment, sans doute, est raisonnable;
Je sais combien je dois vous paraître coupable;
Que toute chose dit que j'ai pu vous trahir,
Et qu'enfin vous avez sujet de me haïr.
Faites-le, j'y consens.

ALCESTE.

Eh! le puis-je, traîtresse?
Puis-je ainsi triompher de toute ma tendresse?
Et, quoiqu'avec ardeur je veuille vous haïr,
Trouvai-je un cœur en moi tout prêt à m'obéir?
(*à Éliante et à Philinte.*)

Vous voyez ce que peut une indigne tendresse,
Et je vous fais tous deux témoins de ma faiblesse,
Mais, à vous dire vrai, ce n'est pas encor tout,
Et vous allez me voir la pousser jusqu'au bout;
Montrer que c'est à tort que sages on nous nomme,
Et que dans tous les cœurs il est toujours de l'homme.

(*à Célimène.*)

Oui, je veux bien, perfide, oublier vos forfaits;
J'en saurai, dans mon âme, excuser tous les traits,
Et me les couvrirai du nom d'une faiblesse,
Où le vice du temps porte votre jeunesse,
Pourvu que votre cœur veuille donner les mains
Au dessein que j'ai fait de fuir tous les humains;
Et que, dans mon désert, où j'ai fait vœu de vivre,
Vous soyez, sans tarder, résolue à me suivre.
C'est par-là seulement que, dans tous les esprits,
Vous pouvez réparer le mal de vos écrits;
Et qu'après cet éclat qu'un noble cœur abhorre,
Il peut m'être permis de vous aimer encore.

CÉLIMÈNE.

Moi, renoncer au monde avant que de vieillir!
Et, dans votre désert aller m'ensevelir!

ALCESTE.

Et s'il faut qu'à mes feux votre flamme réponde,
Que vous doit importer tout le reste du monde?
Vos désirs avec moi ne sont-ils pas contens?

CÉLIMÈNE.

La solitude effraie une âme de vingt ans.
Je ne sens point la mienne assez grande, assez forte,
Pour me résoudre à prendre un dessein de la sorte.
Si le don de ma main peut contenter vos vœux,
Je pourrai me résoudre à serrer de tels nœuds;
Et l'hymen....

ALCESTE.

Non. Mon cœur à présent vous déteste,
Et ce refus lui seul fait plus que tout le reste.
Puisque vous n'êtes point, en des liens si doux,
Pour trouver tout en moi, comme moi tout en vous.
Allez, je vous refuse; et ce sensible outrage,
De vos indignes fers pour jamais me dégage.

(Célimène sort.)

SCENE VIII.

ÉLIANTE, ALCESTE, PHILINTE.

ALCESTE, *à Éliante.*

Madame, cent vertus ornent votre beauté,
Et je n'ai vu qu'en vous de la sincérité;
De vous, depuis long-temps, je fais un cas extrême,
Mais laissez-moi toujours vous estimer de même;
Et souffrez que mon cœur, dans ses troubles divers,

Ne se présente point à l'honneur de vos fers :
Je m'en sens trop indigne, et commence à connaître
Que le ciel, pour ce nœud, ne m'avait point fait naître ;
Que ce serait pour vous un hommage trop bas
Que le rebut d'un cœur qui ne vous valait pas ;
Et qu'enfin....

ÉLIANTE.

Vous pouvez suivre votre pensée ;
Ma main, de se donner, n'est pas embarrassée ;
Et voilà votre ami, sans trop m'inquiéter,
Qui, si je l'en priais, la pourrait accepter.

PHILINTE.

Ah ! cet honneur, madame, est toute mon envie,
Et j'y sacrifîrais et mon sang et ma vie.

ALCESTE.

Puissiez-vous, pour goûter de vrais contentemens,
L'un pour l'autre, à jamais, garder ces sentimens.
Trahi de toutes parts, accablé d'injustices,
Je vais sortir d'un gouffre où triomphent les vices ;
Et chercher, sur la terre, un endroit écarté,
Où d'être homme d'honneur on ait la liberté.

Il sort.

SCENE IX et dernière.

ÉLIANTE, PHILINTE.

PHILINTE.

Allons, madame, allons employer toute chose
Pour rompre le dessein que son cœur se propose.

FIN DU MISANTHROPE.

www.ingramcontent.com/pod-product-compliance
Ingram Content Group UK Ltd.
Pitfield, Milton Keynes, MK11 3LW, UK
UKHW021107260726
13994UKWH00002B/765

9 782329 139814